KB049167

초록 식탁

나를 위해

푸릇하고 뿌듯한

홍성란 지음

샘터

식탁을 차리며。

오늘부터 채식접근자

요즘에는 채식주의자를 심심치 않게 만날 수 있다. 채식주의를 마치 훈장처럼 자랑 삼아 이야기하는 사람도 종종 볼 수 있다. 채소 소믈리에가 직업인 나 역시 누군가에게는 이런 사람으로 생각되는 모양이다. 내 직업이 그리 대중적으로 알려져 있지 않아 생기는 오해인 것 같다. 채소 소믈리에란 채소와 과일에 대한 정보와 가치를 전달하는 전문가다. 채소를 보거나 맛보고 어디 산지인지 감별하는 감별사가 아니라, 더 좋은 채소를 고르는 법과 채소를 잘 활용해서 맛있게 섭취하는 법을 알려주는 사람이다.

엄밀히 말하면 나는 '채식주의자'가 아니라 '채식접근자'다. 나는 고기도 생선도 유지방도 모두 좋아한다. 지인들과 같이 밥을 먹거나 내가 SNS에 음식 사진이나 맛집 사진이라도 올리면 사람들이 "아니, 채식하면서 고기랑 짠 음식도 먹는 거야?"라고 묘한 웃음을 지으면서 이야기할 때가 있다. 그러면 "난 채식주의자가 아니야"라고 해명을 해야 한다.

어느 때는 나의 정체성에 대해 조금 더 상세히 설명을 해야 할 때가 있다. 이 페이지에 머무는 지금 이때야말로 설명이 필요할 때인 것 같다. 그렇다면 나를 모든 음식을 잘 먹지만 채소를 더 생각해서 챙겨 먹고 채소를 더 다양하게 요리에 사용하고 사람들이 채소를 더 친근하게 받아들일 수 있도록 해주는 '채소전달자'라고 소개하고 싶다.

하지만 여전히 가까운 지인들도 맨날 '풀때기'만 먹는 거 아니냐며 묻는다. 물론 풀때기를 늘려서 밥상을 차리기는 하지만, 매일 풀로만 가득 채운 식탁은 아니다. 어쨌든 나에 대한 이미지는 채식에 한정된 것 같다. 뭐, 그런 이미지 덕분에 채소와 관련된 일을 많이 하니 꼭 나쁘지만은 않다.

나는 사람들이 채소를 쉽게, 또 많이 먹을 수 있는 방법으로 요리에 접근한다. 이 방식이 따라 하기 쉽고, 실천하기 쉬워서 많은 사람이 시도해 보는 것 같다. 나의 채식 요리법이 첫걸음을 뗄 수 있게 한다는 사실이 참 좋다.

근사해 보이고, 어려워 보이고, 있어 보이는 방식 말고 편안하게 흘러가듯이 즐길 수 있는 방식을 좋아한다. 구하기도 어려운 채소를 사용해 가며 뽐내는 게 아니라 현실적으로 잘 활용할 수 있는 방법으로, 한 끝 차이지만 그 하나의 영향으로 시야가 넓어지고 일상에 작은 변화라도 생기는 것이 내가 추구하는 바다.

나의 생활 반경에서 이런 변화를 가장 많이 느낄 수 있는 사람을 꼽자면 단연 식생활 메이트인 남편이다. 결혼 4년 차인 지금, 남편의 식습관이나 채소를 바라보는 시선은 확실히 연애 시절 때와 다르다. 남편은 예전만큼 짠 음식을 먹지 못하고, 과한 배부름을 좋아하지 않는다. 채소를 곁들인 가볍고 심심한 밥상을 즐겨 찾는다.

"이거 먹어야 해! 먹어!" 이런 식으로 사육하듯 강제로 채식을 권했으면 반발심만 키웠을 것이다. 나는 부담되지 않게 곁들이는 정도로, 또 같이 함께 실천하는 정도로 요리뿐만 아니라 주스나 청, 물처럼 가볍게 일상 습관에서 채소가 살포시 자리 잡을 수 있도록 해왔다. 그러다 보니 같이 물들어 간 것이다. 우리 엄마는 나의 영향으로 식습관이 확실히 바뀌었다. 국물을 그릇째 들이키던 엄마는 어느새 사라져 있었다. 이제는 짠 음식을 일절 먹지 않고 좋아하던 김치 국물을 마시는 일도 줄었다.

채식주의자를 해볼까 하는 고민은 단 한 번도 한 적이 없다. 세상에는 맛있는 것도 많고 맛봐야 할 것도 많고 요리하는 사람으로서 건드려봐야 하는 음식도 많기 때문이다. 그리고 채소에 부족한 다른 영양 성분을 다른 식재료에서 채울 수도 있기 때문이다.

결과적으로 내가 추구하는 식탁은 다양한 재료가 골고루 올라오되 채소의 비중이 좀 더 많은 푸릇푸릇한 초록 식탁이다. 내가 생각하는 건강한 삶에는 이 식탁이 꼭 자리하고 있다. 내가 앉는 초록 식탁은 나 자신에 대한 사랑의 증거다. 내가 다른 사람을 위해 차린 초록 식탁은 그 사람을 향한 애정의 증거다.

　결혼을 하고 육아를 하면서 점점 더 나를 돌보는 일이 요원해진다. 나를 돌보는 일이 힘든데 다른 사람을 돌보는 일은 말할 것도 없다. 그럼에도 내가 유일하게 스스로와 다른 사람을 챙길 수 있는 법이라면 초록 식탁을 차리는 일이다. 그 식탁 위에서 분주히 움직이는 숟가락과 젓가락을 보고 있자면 마음이 뿌듯해진다. 물론 맛있다는 표정과 감탄사까지 나오면 더할 나위 없다.

　바쁜 현대 사회에서 우리는 주어진 역할을 해내느라 계속해서 진이 빠진다. 그래서 본격 채식 생활은 너무 먼 일처럼 느껴진다. 그 주장을 하고 싶지도 않고. 단순하게 식탁 위에 채소 하나 더 얹는 것 정도로 타협하면 어떨까. 이 타협이 거듭되면 이른바 '채소 습관'이 된다.

　일반적인 식사에 채소 하나 더하는 걸 나는 채소 습관이라 말한다. 그리고 어느새 이 채소 습관이 저절로 초록 식탁을 멋있게 차려낸다. 물론 여기서 멋있다는 말이 눈으로 보기에 멋들어진 차림새라는 말은 아니다. 간단한 레시피와 단출한 음식일지라도 내 마음이 충족되어 나 자신이 멋있게 느꺼지는 것이다.

　그럼 이처럼 멋있는 시간을 누리기 위해 가장 먼저 할 일
은 재료 구입도 아니고 레시피 습득도 아니다. 마음가짐부터
새로 갖춰보자. 나와 같은 채식접근자다. 먼저 채식접근자가
된 사람으로서 말하자면, 이처럼 몸도 마음도 홀가분하고 뿌
듯할 수 없다.

차례

오후 일곱 시의 식탁

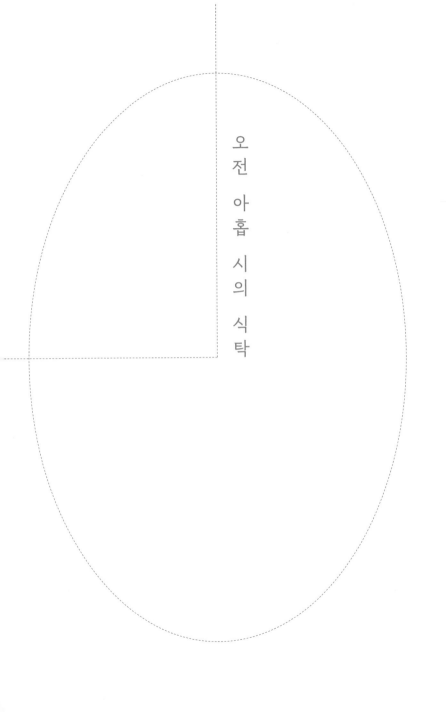

오 전   아 홉   시 의   식 탁

채소 물, 내 인생으로 들어온 걸 환영해

투명 플라스틱 컵을 채운 투명한 물 위에서
사과 조각 하나와 민트 몇 잎이 둥실거렸다.
한 모금 마시자 몸 전체가 정화되는 맛이었다.

나는 물에 생채소를 넣어 마신다. 말린 채소를 넣거나 차처럼 우리거나 물 끓이듯 끓이는 게 아니라 생채소를 잘게 조각내어 채즙이 우러나도록 물에 담가 마신다. 이 물의 이름은 붙이기 나름인데 미네랄 워터라고 하기도 하고 채소 물이라고 할 수도 있다. 또는 해독 수, 디톡스 워터 등 이름은 짓기 나름이다.

채소 물을 처음 알게 된 곳은 일본이다. 나는 해외를 가면 책방을 가보는 편이다. 요리책을 들춰 보면 그 나라의 요리법과 트렌드를 알 수 있기 때문이다. 일본은 유학을 다녀온 다음부터 제일 만만하게 혼자서 여행을 다닐 수 있는 곳이다. 일단 익숙하고 언어도 가능하기 때문에 두려움 없이 시장조사 겸 요리에 관한 시야를 넓히기 위해 방문하기 좋은 곳이 나에게는 일본이다.

몇 년 전, 일본에 갔을 때 어김없이 책방에 들러서 책을 구경하던 중 재미난 내용을 발견했다. 책 제목은 단순하게 '디톡스 워터'. 재료를 갈거나 착즙하는 주스나 셰이크 레시피가 아니고 단지 재료들의 조합으로 만든 물 레시피 책이었다. 채소와 과일을 색감과 영양소 균형에 맞게 조합하는데, 잘게 다지거나 강판에 갈 필요도 없고 그냥 조각내거나 채를 썰어 생수에 담그기만 하면 된다. 정말 간단한데 완성된 모양새는 그럴싸하게 예쁘다.

쉽게 생각하면 횟집이나 일본식 술집에서 주는 레몬 물 같은 것이고, 상그리아처럼 와인에 과일을 담가 마시는 느낌이다. 명대사 '모히토에서 몰디브 한잔' 속의 그 모히토 칵테일 안에도 민트 허브와 레몬이나 라임이 잔뜩 들어가 있다. 어쨌든 음료라는 정체성에 걸맞게 마시는 게 목적이기 때문에 마실 때 불편하지 않게 과채를 대체로 얇게 조각내어 단면의 채즙이 잘 우러날 수 있게 한다.

당시 이런 레시피를 처음 접한 나는 신기한 나머지 카메

라로 책 내부를 찍어대기 시작했다. 찰칵 찰칵 찰칵. 핸드폰 카메라가 눈치 없이 소리를 내니 점원이 와서 사진을 찍으면 안 된다고 경고를 했다. 그제서야 나는 신세계에 들뜬 마음을 잠재울 수 있었다. 책장에는 이런 레시피의 책이 다양하게 꽂혀 있었고, 책 뒷부분에는 채소 물을 팔고 있는 카페의 정보도 나와 있었다. 나는 마음에 드는 책 몇 권을 구매한 다음 바로 카페로 향했다.

먼저 들른 카페는 하라주쿠에 있었는데 정말 물만 파는 곳이었다. 메뉴판에는 다양한 채소 물 메뉴가 나와 있었고, 진열장에는 물과 함께 다양한 채소와 과일이 알록달록 담겨 있는 투명한 병들이 가득했다. 직접 가져다 먹을 수 있는 공용 물병에는 주황빛 자몽 조각이 떠다니고 있었다. 앉아서 마실 테이블도 있었지만 테이크아웃도 되길래 어떻게 주는지 궁금해서 포장으로 주문했다. 내가 고른 메뉴는 사과와 허브 민트가 들어간 물이었다. 투명 플라스틱 컵을 채운 투명한 물 위에서 사과 조각 하나와 민트 몇 잎이 둥실거렸다. 한 모금 마시자 몸 전체가 정화되는 맛이었다.

나는 한국에 돌아와 응용하기 시작했다. 다양한 과채를 깔아놓고 경우의 수를 만드는 것처럼 잘 어우러지는 조합을 연구했다. 사람들에게는 채소 물에 대해 극찬을 늘어놓았고, 요리 수업 때도 새롭게 만든 레시피를 소개했다. 도저히 세상 여기저기에 알리지 않고서는 안 될 신통한 물이었기 때문이다. 특히 일상에서 웰컴 드링크로 이용하기에 좋았다. 물병에 담아 들고 운동을 하러 갈 때는 보는 사람마다 예쁘다고 말할 정도였다. 그러면 마치 칭찬을 받은 것 같은 기분에 취해 괜히 물을 더 맛있게 마시게 된다.

식탁 위에 올려만 놔도 주방 인테리어 효과로 좋고, 냉장고에 진열해 두면 냉장고 문을 열 때마다 기분까지 좋아지는 효과도 있다. 특히 체중 조절을 하는 사람들은 하루에 물을 2리터씩 마셔야 한다는데, 맹물을 마시기가 곤욕스러울 때 채소 물이 좋은 대안이 될 수 있다.

채소 물의 효과라면 우리 몸의 해독을 도와주고 신진대사를 원활하게 해주며 미네랄을 보충해 줄 수 있다. 물을 마시는 것만으로 몸과 피부를 위하는 이너 뷰티 역할을 톡톡히 하는 셈이다. 내가 채소 물을 널리 알릴 수 있었던 계기는 한

예능 프로그램이었다. 좋은 기회로 섭외가 들어와 출연할 수 있었는데 이때 셀러리와 귤, 포도, 파프리카를 조합한 채소 물을 소개했다. 그때 함께 출연했던 방송인 김구라 씨가 물을 마셔보더니 '그냥 물이네?' 같은 뜨뜻미지근한 반응을 보였다.

사실 맛으로 치자면, 완전히 맹물 같은 맛은 아니다. 어떤 재료가 들어가 있는지에 따라 그 재료의 향의 맛이 나는 물이다. 향이 맛으로 느껴지는 마법 같은 물인 것이다. 거기에 실제로 이 물에는 셀러리의 섬유질과 귤의 비타민, 포도의 안토시아닌과 파프리카의 비타민이 들어 있으니 마시기만 해도 건강해지는 신기한 물이다. 어쨌든 미지근했던 반응이 무색하게 방송 직후부터 따라 만들어 마시는 사람이 많이 생겼다.

그 후 한 건강 프로그램에서는 채소 물을 소개하면서 실험을 진행했는데, 미네랄이 없는 물에 채소를 우렸을 때 미네랄 성분이 생기는지 확인하는 것이었다. 볼펜처럼 생긴 미네랄 성분 체크 기계를 미네랄 성분이 없는 정수기 물에 넣었다가 채소를 담근 물에도 넣어보았다. 그 결과, 채소가 우러난 물에서만 불이 들어왔다. 진정으로 채소 물은 미네랄 워터가 되는 것이며 맞는 것이다.

검증까지 되었으니 더 많은 사람이 자기만의 레시피로 채소 물을 다양하게 만들고 사진을 찍어 SNS에서 공유하기 시작했다. 이후 챌린지처럼 채소 물 마시기가 세상에 뻗어나 갔다. 특히 자신의 몸을 사랑하는 법을 아는 MZ세대에서 채소 물 마시기 챌린지가 활발하게 이루어졌다.

많은 레시피 중에 내가 가장 애정하는 채소 물은 미나리 와 사과 그리고 레몬의 조합으로 만든 물이다. 이 물은 미나 리의 효능처럼 내 몸의 독소가 조금도 남아 있지 않고 쫙쫙 빠져나가는 기분이 들 만큼 독소 빼는 데 좋다. 미나리를 손 가락 길이 정도로 자르고 사과와 레몬은 슬라이스해서 물에 담기만 하면 끝이다. 이때 미나리는 칼이나 가위로 자르기보 다 손으로 뜯어서 넣는 게 좋다. 미나리 향을 더하고 영양소 파괴는 최소화하는 방법이다. 사과와 레몬이 함께해 미나리 의 향긋함이 더욱 극대화된 이 물을 마시면 기분까지 상쾌해 진다.

생강과 깻잎, 레몬의 조합도 추천한다. 김치나 장아찌를 담그는 느낌을 연상시킬 수도 있겠지만 입안을 상쾌하게 해줘 구취 제거의 효과를 톡톡히 경험할 수 있다. 마치 가그린을 하듯 입안의 세균도 제거되는 기분이 든다. 생강의 겉껍질을 깨끗하게 세척한 다음 슬라이스해서 넣고, 깻잎은 손으로 쭉쭉 뜯어 넣고, 레몬도 무심하게 통통 썰어서 넣어주면 된다. 꼭 따뜻하게 데워 먹을 필요가 없다. 차갑게 우려서 마셔도 몸을 따스하게 보듬어줄 수 있는 물이다. 잠자기 전에 마시면 숙면에 도움이 되고, 신진대사를 높여줘 체중을 조절하고 싶을 때도 마시면 좋다.

채소를 잘 먹지 않는 사람에게 이렇게 채소를 우려서 물로라도 제발 먹으라고 권하고 싶다. 이 또한 채소를 섭취하는 수많은 방식 중에 하나다. 내 인생은 채소 물을 마시기 전과 후로 나뉠 만큼 처음 만난 채소 물은 나에게 신선한 채소 요리였다. 사실 요리라고 하기에 민망할 만큼, 채소를 섭취하는 데 세상에서 가장 쉬운 방법이 바로 이 신통방통한 채소 물이다.

치명적인 매력의 쑥갓

쑥갓의 또 다른 매력이라면 모든 게 너무나 쉽다는 것이다.

구하기 쉽고, 활용하기 쉽고, 먹기 쉽다.

이렇듯 쉬운데 무엇을 망설이는가.

● 　　　아마도 많은 사람이 쑥갓을 요리 위에 포인트로 올리는 고명 채소로 생각할 것이다. 보통 어묵탕이나 매운탕에 얹힌 쑥갓의 모습을 많이 목격하니 말이다. 물론 나도 오랜 시간 쑥갓의 존재감을 크게 느끼지 못했다. 그저 장식용 채소라고 생각해서 음식 사진을 찍은 다음에는 곧바로 걷어내어 쑥갓을 안쓰럽게 만들었다.

　　채소를 진심으로 사랑하며 즐겨 먹는 채소 습관을 갖추기 전까지는 쑥갓을 사는 일 자체가 거의 없었고, 필요하다면 다른 잎채소와 섞어서 소량으로 사곤 했다. 어쩌다 쑥갓 한 봉지가 생기면 대부분 파삭파삭하게 시들해진 모습으로 끝을 맺었다. 지금 생각해 보면 같은 채소 사이에서도 유난히 쑥갓에게 작은 자리를 내어준 것 같아 미안한 마음이다.

그러던 어느 날, 마치 한눈에 반하는 것처럼 일순간 쑥갓의 맛에 빠져버렸다. 그다음부터는 쑥갓이라면 눈에 보이는 대로 먹어 치운다. 음식에 고명으로 얹힌 쑥갓을 야무진 젓가락 움직임으로 잽싸게 집어 들고, 다른 재료 속에 가려져 풀 죽은 쑥갓마저 매의 눈으로 찾아 건져 먹는다. 마트에 가서 쑥갓 한 봉지를 거뜬하게 사 들고 집으로 돌아오는 날은 셀 수 없다.

쑥갓은 엽산, 폴리페놀, 비타민C, 비타민E, 비타민B, 칼슘, 식이섬유 등이 풍부하고 노화 예방, 면역력 증강, 불면증 개선, 변비 개선, 다이어트, 피부 미용, 소화 작용 등 좋은 점을 많이 가지고 있는 강력한 채소다. 이렇게 쑥갓의 세세한 효능을 알게 된 것도 쑥갓의 맛에 제대로 빠지게 되면서부터다.

좋아하지 않거나 관심이 없는 채소는 단순히 수많은 채소 중에 하나일 뿐이다. 관심이 깃든 채소는 그 영양학적 측면부터 시작해서 맛의 다양성, 요리에서의 쓰임새 등 여러 측면으로 관심이 뻗어 나간다. 나의 오감을 통해 다양한 방식으로 한 채소의 세계가 열리는 것이다.

쑥갓. 가끔 이 채소를 말할 때마다 이름이 촌스럽게 느껴질 때가 있다. 그 촌스러움마저 좋을 정도로 쑥갓을 애정한다. 그리고 내가 이 쑥갓을 먹는 데 가장 애정하는 방식은 생으로 먹는 것이다. 어느 날, 미나리로 주먹밥을 만드는데 조금 남은 쑥갓이 눈에 띄어 해치울 생각으로 미나리와 함께 송송 썬 다음 밥에 넣고 참기름, 소금, 후추, 깨를 더해 조물조물 버무려 동글동글 한 입 크기로 만들었다. 그리고 입에 넣는 순간, 비로소 나에게 쑥갓의 세계가 열렸다.

그냥 맛있다는 말로는 설명이 안 된다. 호들갑을 떨 정도로 너무 맛있어서 끊임없이 주먹밥을 입에 밀어 넣었다. 미나리 향은 잠잠했고 쑥갓의 향은 환상적이었다. 그 향이 어찌나 좋은지 그때부터 쑥갓의 참 매력에 푹 빠진 것이다. 매번 비슷한 방식으로 채소를 활용하는 것보다 다양하게 변주해 봐야 좋다는 사실을 새삼 깨닫는 순간이었다.

쑥갓의 개운한 향과 아삭아삭 씹히는 느낌 그리고 참기름 향과 함께 입안에서 퍼지는 고소 담백한 쑥갓 주먹밥은 이제 나의 요리 수업 메뉴에 올라와 있다. 쑥갓의 매력을 널리 알리고 싶어서다. 역시나 수업을 들은 회원들은 쑥갓의 참맛을 알게 되고, 그때부터는 마트에 가면 쑥갓을 향해 발이 움직인다. 내가 제일 뿌듯함을 느끼는 지점이다. 나의 영향으로 평소에 돈 주고는 사지 않던 채소를 직접 손에 쥐는 순간 말이다.

쑥갓이 보통 어묵탕이나 매운탕, 해물탕에 들어가는 이유는 향신료 채소이기 때문이다. 비린 향을 제거해 주고 다른 재료의 향들을 향긋하게 잘 어우러지게 한다. 요리에서 방향제 같은 역할을 하는 셈이다.

먹으면 안 되는 채소가 아닌데 장식으로 올라가 있기 때문에 본격적으로 음식을 먹기 전에 아무 생각 없이 빼버리는 경우가 허다하다. 이런 일은 파슬리에게서도 많이 발생한다. 하지만 장식이나 고명으로 있을 때 함께 먹어서 채소 섭취량을 늘려주면 참 좋을텐데. 그래서 나는 집에서 우동을 끓여 먹거나 생선찌개나 맑은 조개탕을 만들 때 쑥갓을 많이많이 넣는다. 우동 면과 함께 감싸서 먹는 쑥갓의 향, 상상만 해도 군침이 돈다. 입안에서 퍼지는 국물과 쑥갓의 조합은 완벽하다.

또 내가 쑥갓을 잘 활용하는 요리 중 하나는 들기름 메밀국수다. 언제부턴가 인기가 많아진 들기름 메밀국수. 들기름과 간장 소스 그리고 김가루와 깨가 함께 버무려지는 면 요리인데 나는 여기에 찰떡으로 잘 맞는 쑥갓을 왕창 썰어 넣는다. 줄기와 잎 모두 2~3센티미터 길이로 삭삭삭 썰어서(나무 도마 위에서 쑥갓을 썰면 후각과 청각을 모두 만족시킨다) 면 위에 올리고 숟가락과 젓가락을 활용해 비빈 다음 면과 쑥갓을 함께 후루룩. 면의 쫄깃함과 쑥갓의 사각사각함에 들기름의 고소한 향까지 너무 잘 어울려서 생쑥갓을 많이 먹기에도 좋은 요리다.

쑥갓 한 줌을 한 번에 먹는 게 힘들어 보이지만 이렇게 활용하면 한 줌은 순식간에 먹을 수 있다. 쑥갓 한 줌은 그가 가진 영양을 우리 몸에 저장하기에 충분한 양이다. 쑥갓은 소화가 잘되는 알칼리성 식품으로, 열량도 낮고 피부 건강과 변비 예방에도 도움이 된다. 특히 기름진 음식과 함께 먹으면 콜레스테롤을 낮춰줄 뿐 아니라 짜디짠 음식의 나트륨 배출도 도와준다. 음식의 좋지 않은 향은 줄여주고 풍미를 돋아준다. 시력을 보호해 주며 노화 예방에도 좋으니 쑥갓은 우리 몸과 음식에서 참 큰 일을 많이 하는 채소다.

언젠가 유튜브 방송에서 이 쑥갓 들기름 메밀국수를 만들었는데 촬영 팀이 맛보고는 극찬을 했다. 정말 쉽고 간단한 요리인데 그 조합이 잘 맞아떨어지는 것이다. 이게 바로 쑥갓의 매력이고, 그 매력은 치명적이다. 대단하게 맛있는 건 아니어도 반찬들의 조합과 전체적인 분위기가 계속해서 찾게 만드는 단골 백반집의 매력과 같다.

도저히 헤어 나올 수 없는 이 매력에 빠진 이가 또 있으니 우리 가족이다. 즐겨 먹는 메밀국수에 처음 쑥갓을 올려 내놓았을 때 가족들의 얼굴에는 의심이 가득했다. 하지만 그 의심은 금세 휘발되고 역시나 그릇은 싹싹 비워졌다. 마무리는 언제나 그렇듯 '맛있어!'의 연발.

쑥갓의 또 다른 매력이라면 모든 게 너무나 쉽다는 것이다. 구하기 쉽고, 활용하기 쉽고, 먹기 쉽다. 이렇듯 쉬운데 무엇을 망설이는가. 편견은 잠시 거두고 일단 시도해 보자.

초록식탁

이 글을 쓰는 내내 느껴지던 쑥갓의 향 때문에 오늘도 나는 쑥갓의 참 매력을 몸소 느낄 예정이다.

가까이 하기에는 먼 시소

때때로 다시 돌아올 것을 알지라도
새로운 맛을 찾아 떠나기 위해 한 발자국,
아니 반 발자국이라도 내딛는 나 자신이
새삼 기특하게 느껴진다.

● 　　　깻잎인줄 알고 처음 먹었다가 그 맛에 놀란 채소 '시소'. 시소라고 하면 놀이터에서나 볼 수 있는 시소가 떠오르겠지만 자소엽이라고도 부르는 차조기를 시소라고 부른다. 생김새는 들깻잎과 비슷한 잎채소다. 한국에 깻잎이 있다면 일본에는 시소 잎이 있다고 할 정도로 일본에서는 시소 잎이 대중적이다.

　　일본에서 유학할 당시 일본식 김밥이 아니라 우리식 참치 김밥이 간절했던 나는 재료를 사기 위해 마트에 방문했다. 동네 마트에서 흔히 보이던 이 시소 잎을 나는 한국인으로서 당연하게도 깻잎이라고 생각했다. 내가 좋아하는 참치 김밥에는 깻잎이 필수라 거침없이 이 초록색 잎을 집어 들었다. 김과 밥, 캔 참치, 치자 단무지, 햄, 달걀, 마요네즈 그리고 깻잎으로 착각한 시소 잎까지 사서 집으로 돌아올 때 느낀 설렘을 잊을 수 없다.

기대에 부푼 마음을 주체하지 못한 채 열심히 김밥을 말고 쓱싹쓱싹 썰어 김밥 하나를 입에 넣은 순간은 더욱 잊을 수 없다. 뜨악하게 경악스러웠던 요상한 맛. 내가 알던 깻잎의 고소한 향이 아닌 완전히 다른 향의 반전이라 너무 놀랐다. 이 강렬한 김밥을 나는 도저히 먹을 수 없었다.

시소 잎의 맛은 스킨 로션을 얼굴에 잔뜩 발랐을 때 입술에도 묻으면서 느껴지는 화장품 맛과 비슷했다. 향수를 뿌릴 때 어쩌다가 입으로 들어가 느껴지는 맛이라고 할 수도 있다. 아무튼 고소함과는 그 거리가 너무나 멀었다. 한국식 김밥에 어울리지 않는 건 당연했다.

시소 잎 드레싱도 있을 정도로 일본에서는 시소 잎을 즐겨 먹는다. 시큼 새콤하게 향긋한 잎이라 모히토나 하이볼에 민트 허브 대신 시소를 활용하기도 하고 회와 곁들여 먹기도 한다. 생선의 비릿한 향도 가려줄 만큼 그 향이 강하기 때문인 것 같다. 또 독소 제거와 염증 해소에도 도움이 되면서 날 생선과 먹을 때 식중독 위험을 줄일 수 있다. 구취 제거에도 좋다고 하니 확실히 향이 강렬한 채소답다.

경악스럽게 놀라운 맛이 시소에 대한 나의 첫 미각의 기억이었지만 바로 멀리하기에는 무언가 아쉬웠다. 고수를 좋아하지 않던 내가 고수 마니아가 된 것처럼 분명 시소에게도 숨은 매력이 있을 거라고 생각했다. 괜히 시소 드레싱까지 파는 게 아닐 거라고 말이다. 낯선 남자와 연애를 시작했지만 시간이 지날수록 점점 편해지고 이제는 곁에 없으면 안 될 지금의 남편이 된 것처럼 시소에게도 시간을 두고 다가가야겠다고 다짐했다.

확실히 처음의 생소한 맛에 놀랄 뿐이지 그 놀란 혀를 진정시킨 다음부터는 낯설지 않게 받아들여지기 시작했다. 물론 어떤 음식과 조합을 하느냐에 따라 다르다. 끼리끼리 만난다는 말이 있듯이 시소도 그 짝이 있는 음식이 있기에 어울리는 재료와 함께해야 비로소 무릎을 탁 치는 맛이 나오는 것이다.

시소는 고소함으로 휩싸여야 하는 음식이 아닌 상큼하

고 새콤하거나 느끼한 음식과 조화가 좋다. 평소 먹지도 않던 무순을 참치 집에 가면 엄청나게 싸서 먹는 것처럼, 상상으로는 어울릴 것 같지 않은 김과 묵은 김치에 회를 올려 먹으면 환상적인 맛이 나는 것처럼 시소 역시 중요한 받침 역할을 하는 채소였다.

시소가 받쳐주는 음식은 바로 관자와 장어다. 이전에는 관자가 그냥 관자 맛이지, 장어가 장어 맛이지 하고 시큰둥하던 것이 시소와 함께하자 마치 명품을 두른 느낌처럼 확 고급스러워진 맛의 기분을 느꼈다. 구운 장어와 관자의 느끼함을 잡아주면서 입안에 불어오는 산뜻함 한 조각. 시소와 함께라면 장어와 관자를 많이 먹을 수 있었고 그러면서 나의 미각은 시소와 친해지기 시작했다.

시소 잎은 최근 들어 우리나라에서도 많이 이용되고 있다. 종종 식당에서 시소 잎을 활용한 요리가 목격된다. 하지만 여전히 호불호가 갈리는 채소인데, 특유의 향 때문이다. 한국인들에게 호불호가 갈리는 대표적인 채소를 들자면 중국의 고수, 이탈리아의 루꼴라, 프랑스의 샬롯, 미국의 세이지, 일본의 시소라고 할 정도다.

마니아들은 시소 잎을 직접 구매해 깻잎 김치처럼 시소 김치로 활용하기도 하고 샐러드 채소나 피클 같은 절임에 넣기도 한다. 또 고기나 생선을 싸서 먹기도 한다. 나는 이 정도의 진정한 마니아는 아니고 시소 잎으로 만든 드레싱을 활용할 수 있는 정도다. 시소 잎 드레싱은 어떤 샐러드와도 잘 어울리는데 특히 오징어나 한치, 굴이나 새우 같은 해산물을 데쳐 토핑으로 올린 샐러드와 잘 어울린다.

해산물 튀김과는 환상적인 궁합이다. 특히 굴튀김을 찍어 먹으면 너무 맛있다. 시소 잎 향이 해산물의 비릿한 향을 가려주며 풍미롭게 만든다. 해산물 전에도 분명 잘 어울릴 것이다. 석화 철에는 우리식의 초장 대신 이국적인 타바스코 소스를 뿌려 먹는 사람도 있는데, 시소 잎 소스를 곁들이는 것도 또 다른 신선한 시도가 될 수 있다.

한국에 돌아올 때 이 시소 드레싱을 기념으로 사왔다. 새로운 식재료를 사람들에게 소개할 때는 늘 약간은 떨리지만 특히 이 시소에 대한 사람들의 반응이 궁금했다. 그 첫 타자는 우리 가족. 맛을 본 모두가 고개를 절레절레 저었다. 그쯤에 나는 이미 시소에 적응이 된지라 샐러드용으로 듬뿍 뿌려가며 모두 해치웠다. 비행기 타고 바다 건너 데려온 드레싱이라 아까워서라도 내가 해결한 것이다.

하지만 여전히 엄청나게 강렬한 이 채소를 곁에 가까이두지는 않는다. 먼 거리에 두고 때때로 다가가 즐기다가 다시 돌아오는 형국이랄까. 하지만 시소로 내 미각이 더 발전한 것은 틀림없다. 확실히 여러 향과 맛을 느끼는 것은 요리하는 사람으로서는 좀 더 나아가는 발판이 된다. 때때로 다시 돌아올 것을 알지라도 새로운 맛을 찾아 떠나기 위해 한발자국, 아니 반 발자국이라도 내딛는 나 자신이 새삼 기특하게 느껴진다.

초
록
식
탁

알다가도 모를 감자의 내면

감자, 참 단순한 듯 쉬운 듯 보이지만
생각을 많이 하게 만드는
알다가도 모를 채소다.

　　　　　　호불호가 없는 채소에는 뭐가 있을까. 국민 채소라고까지 부를 수 있는 채소를 꼽으라면 나는 단연 감자를 말할 것이다. 무엇보다 활용도가 높다는 점에서 만점을 주고 싶다. 감자로 할 수 있는 요리는 지금도 셀 수 없이 많지만 앞으로도 계속해서 개발할 수 있다. 찐 감자와 삶은 달걀을 함께 으깨서 감자 샐러드를 만들기도 하고, 감자조림, 감자채볶음, 감자 그라탕, 감자튀김, 감자 국, 포테이토 수프 등등. 한식과 서양식을 넘나들며 어느 쪽에 가도 전혀 어색하지 않다는 점이 감자가 가지고 있는 가장 큰 매력이 아닐까 싶다.

　　어릴 때부터 감자를 엄청 좋아했다. 학교에서 돌아와 엄마가 만들어둔 찐 감자를 발견할 때면 너무나도 반가운 마음이 들었다. 나의 찐 감자 취향은 포실한 찐 감자보다는 이빨 자국이 남을 정도로 쫀쫀한 찐 감자다. 감자가 쫀쫀한 점질 감자, 포실한 분질 감자로 종류가 나뉜다는 사실은 그 후에 알게 되었다. 어릴 적부터 가장 좋아한 반찬이라면 역시 엄마가 자주 해준 감자 반찬이다. 감자채를 하얗게 볶은 감자채 볶음과 감자를 작게 조각내어 간장에 조린 감자조림을 특히 좋아했다. 지금은 담백하게 볶은 감자채 볶음이 가장 선호하는 반찬이다.

감자채 볶음은 쉬운 듯하나 실패하기 쉬운 반찬 중에 하나다. 감자가 가진 전분기 때문에 질감에서 실패하기도 하고, 감자가 설익거나 또는 너무 익어서 다 부서지기도 한다. 물론 다 부서지면 숟가락으로 퍼서 먹으면 된다.

어쨌든 내가 몇 번의 실패 끝에 터득한 방법이 있다. 먼저, 채 썬 감자를 찬물에 담가 뽀얀 전분기를 빼는데, 설렁설렁 몇 번 헹궈내는 게 아니라 맑은 물이 나올 때까지 헹궈낸다. 그리고 볶을 때 기름부터 두르고 볶지 않고, 물을 한두 큰술 끼얹어 가며 감자가 절반 익을 때까지 볶다가 기름을 두

초록식탁

르고 마저 볶아낸다.

채 썬 감자를 따로 데친 다음 볶는 사람도 있지만 나는 그게 번거롭다. 이 방법이면 팬 하나로 완성할 수 있고, 시간도 단축되니 더 좋다. 물로 어느 정도 익혀가며 볶으면 기름을 덜 넣어도 되고 빨리 익으면서 찐득하거나 부서지지 않는 채감이 살아 있는 감자채 볶음으로 완성하기 쉽다. 또 중요한 건 불 끄는 타이밍이다. 감자가 백 퍼센트 익기 전에 불을 꺼서 남은 열기로 마저 익혀야 딱 알맞게 익는다.

감자의 전분을 중요하게 챙기는 요리 중에는 감자채 전이 있다. 감자의 찐득한 전분기가 감자채들을 서로 달라붙게 만드는 역할을 하기 때문에 그때는 절대로 감자를 물에 씻거나 헹궈내서는 안 된다.

감자는 기름을 잘 먹는 채소 중 하나다. 나는 이 사실을 말 그대로 몸으로 느꼈다. 사건의 시작은 함박스테이크 식당에서 주방 보조로 일하던 20대 초반이다. 함박스테이크를 주문하면 둥글고 넓은 접시에 잘 익은 함박스테이크와 반숙 달걀 프라이, 샐러드, 밥, 감자튀김이 예쁘게 담겨 나간다. 여기서 사이드 음식에 속하는 감자튀김은 미리 만들어 항상 준비해 두고 있는 상황이었다.

그 시절의 나는 어렸고, 그래서 늘 배가 고팠고, 감자튀김을 좋아할 나이였다. 눈에 보이는 감자튀김을 무시하지 못하고 심심할 때마다 출출할 때마다 하나씩 집어먹었다. 그렇게 매일 의도치 않게 감자튀김을 섭취한 지 2주쯤 되었을 때 몸에서 반응이 느껴졌다. 그리고 몸으로 깨달은 사실은 감자튀김은 다이어트에 최악이라는 것이었다.

살찌는 주범인 탄수화물이 높은 감자, 거기에 기름까지 더해진 감자튀김은 나에게 셀룰라이트를 선사해 주었다. 단순히 살찌는 느낌이 아니라 울퉁불퉁 옆구리 모양새가 달라지고, 팔뚝 살을 잡아 비틀면 울룩불룩한 지방 덩어리들이 몽글몽글 보여지는 것에 충격을 받았다.

그렇게 찐 살은 운동밖에 답이 없다. 감자튀김을 먹고 찐 살은 지구 한 바퀴를 돌아도 빠지기 힘든 살이라는 말이 있을 정도다. 몸을 마구마구 흔들어 에너지를 소비하며 지방을 깨부숴야 했다. 당시에 이 행위를 얼마나 지속했는지 기억나지 않지만, 그 후로 감자튀김에 정이 떨어진 것만은 확실하

초록식탁

다. 좋아했던 감자의 무서움을 느끼게 되었달까.

지금도 햄버거를 먹을 때면 이전과는 달리 감자튀김도, 콜라도 포함되지 않는 햄버거 단품과 아메리카노를 함께 먹는다. 일부러 감자튀김을 참는 게 아니다. 감자튀김은 진정으로 내 마음에서 멀어졌다.

이제는 지글지글한 기름으로 만든 감자 요리보다는 담백하게 먹을 수 있는 감자 요리가 더 좋아진 나는 감자로 장아찌를 만들기도 한다. 생감자를 도톰한 감자튀김 같은 스틱 모양으로 먹기 좋게 썰어 찬물에 담가 전분기를 빼주고 밀폐 유리 용기에 담는다. 여기에 간장, 설탕, 맛술, 물, 매실청, 식초를 넣고 끓인 뜨거운 간장 물을 부어서 식힌 다음 뚜껑을 덮어 냉장 보관하면 끝이다.

감자튀김과는 다른 새콤달콤 상큼한, 오도독오도독 아삭한 한식풍 감자 장아찌. 김치가 따로 필요 없을 정도로 개운함을 선사한다. 감자, 참 단순한 듯 쉬운 듯 보이지만 생각을 많이 하게 만드는 알다가도 모를 채소다.

남을 배려할 줄 아는 상추

찬물로 상추를 씻어서
물기를 탁탁 하고 털 때 느껴지는 경쾌함,
손으로 만질 때의 풋풋함,
입안에서 느껴지는 아삭함 등
상추로 느낄 수 있는 촉감과 소리 모든 게 좋다.

● 　　　　상추는 참으로 익숙한 채소, 흔해 빠진 채소다. 나는 이 흔한 상추가 참 좋다. 어느 식재료나 요리 사이에 두어도 튀려고 하지 않는 모습이다. 더불어 상추를 보고 있으면 언제나 초심을 잃지 않는 것 같다는 생각을 한다. 내가 좋아하는 모습을 갖춰서일까. 이런 상추가 나의 가장 베스트 프렌드 채소다.

많은 사람에게 상추는 그냥 쌈 채소, 고기 먹을 때만 생각나는 채소가 아닐까. 고기를 더 좋아하고 환영하면서 고기만 먹으면 무언가 허전하기에 찾게 되는 채소가 상추일지 모른다. 고기 옆에 푸릇한 상추가 옆에 자리를 지키고 있어야 하나의 그림이 완성되는 듯한 느낌이 든다. 이때 상추는 굳이 먹지 않아도 된다. 쌈을 싸 먹어도, 싸 먹지 않아도 그만인 것이다. 이쯤 되면 상추가 짠해진다.

나 역시 채소를 사랑하기 전에는 그랬다. 고깃집에 가면 채소 바구니에 가지런하게 담겨져 있는 상추를 바닥에 내려 두거나 빈 옆 테이블에 옮겨두고 먹지 않았다. 고기 파티 한다고 거창하게 샀다가 그대로 남겨두고 냉장고에 넣어둔 뒤 잊어버리기 일쑤였다. 그리고 이런 실수는 매번 반복되는데, 일반 장을 볼 때는 눈길도 안 주지만 바비큐 준비를 할 때는 진열된 상추에서 빛이 나지 않는가.

이런 존재감 없던 상추가 이제는 가장 친한 채소이니, 그 이유는 끝도 없는 상추의 장점이다. 생각할수록 상추의 장점 은 계속 발견된다. 그중 특히 칭찬할 점은 저렴하고 양이 많 다, 가깝고 작은 마트에서도 무조건 만날 수 있다, 영양이 많 고 효능도 좋다, 맛이 강하지 않아 먹기 무난하다, 그래서 활 용 범위가 넓다 등등. 특히 활용성이 무궁하다는 점에서 만 점을 주고 싶다. 샐러드, 김밥, 주먹밥, 비빔밥, 쌈밥, 비빔국 수, 쫄면, 월남쌈, 겉절이, 도토리묵 무침, 묵사발, 심지어 이

유식에도 활용할 수 있다.

흰 밥에 고추장 조금 넣고 상추와 싸 먹으면 밥 한 공기는 뚝딱이다. 바로 이게 상추의 위력이다. 어느 지역은 튀김을 상추에 싸 먹는 걸로 유명하고, 탕수육을 상추에 싸 먹는 식당도 있다. 또 어울릴 것 같지 않은 요리에도 활용하기 좋다. 파스타에도 넣을 수 있고 국물 요리, 볶음 요리, 조림 요리, 전 요리, 주스까지 냉장고에 상추가 남아 있다면 어디든 넣을 수 있다. 완성 요리에는 데코레이션으로도 충분한 가치가 있다.

이는 모두 상추가 요리 본연의 맛을 해치지 않기 때문에 가능한 일이다. 그만큼 상추는 순한 성격에 남을 배려할 줄 아는 착한 채소다. 깨끗하게 세척만 하면 되니 손질이 어렵지 않고, 칼이나 가위가 없어도 손으로 찢을 수 있으니 간편하다. 많은 양으로 보여도 숨이 죽으면 얼마 되지 않아 많이 먹기 힘든 채소도 아니다.

요즘에는 상추가 셀프 코너에 있어서 직접 가져다 먹을 수 있는 고깃집을 찾아다닌다. 눈치 보면서 소심하게 손을 들며 상추를 달라고 하지 않고 당당하게 많이 먹을 수 있기 때문이다. 눈에 보일 때 더 많이 챙겨 먹자는 생각을 갖고 있다 보니 두세 장씩 겹쳐 돌돌 만 다음 쏙 하고 입에 넣는다. 이런 행위를 목격하는 친한 이들은 내게 소여물 먹는 것 같다며 우스갯소리를 하기도 한다. 고기를 먹을 때 상추를 많이 먹으면 확실히 포만감은 배가 되는데 많이 먹었을 때 특유의 속 부대낌이 없다. 고기와 찌개까지 왕창 먹어도 속이 편안하다.

상추는 집에서도 누구나 재배가 가능하다. 채소 좀 키워 볼까 하는 생각을 실제로 실현하기에 가장 좋은 채소가 상추일 것이다. 거의 실패가 없고 조금만 돌보아도 노력이 무색하지 않게 무럭무럭 자라기 때문이다. 자란 잎만 제거해서 먹으면 그 자리에서 또 상추가 난다. 나름 도시농부학교 수료자로서 말하는데, 상추는 이토록 까탈스럽지 않은 채소다.

차림새도 쉽다. 투명한 유리컵에 물을 얇게 받고 상추 줄기 쪽이 아래로 향하게 담아 식탁에 두면 상차림에 온화함을 불어넣을 수 있다. 싱싱하게 담겨 있는 상추가 만들어낸 식탁의 싱그러움은 식사의 가치를 높여준다. 물론 이때 상추를 더 먹게 되는 요상한 심리도 발동한다.

　찬물로 상추를 씻어서 물기를 탁탁 하고 털 때 느껴지는 경쾌함, 손으로 만질 때의 풋풋함, 입안에서 느껴지는 아삭함 등 상추로 느낄 수 있는 촉감과 소리 모든 게 좋다. 특히나 상추에 들어 있는 풍부한 락투신 성분은 진정과 숙면에 도움이 되는데, 지친 육아로 숙면을 하지 못하는 내게 안정적인 천연 수면보조제 역할까지 하니 얼마나 좋지 아니한가.

　문득 냉장고를 열었을 때 무언가 허전한 느낌이 들면 상추가 없기 때문이다. 더는 상추의 빈 자리를 모른 척 할 수 없다. 내일은 청상추, 적상추, 꽃상추, 먹상추 그리고 유럽 상추인 로메인, 버터헤드, 이자벨, 파게로, 멀티레드, 바타비아 중에서 어떤 상추를 손에 쥐고 돌아올까. 아마 그 순간 진열장에서 가장 빛나는 친구를 집어 들겠지.

나를 유혹하지 마!

고소하면서도 담백한 한 끼로 식사를 마친 날에는

하얀 마가 없어진 것과 비례하게

무거웠던 마음이 눈 녹듯 가벼워지고 개운해진다.

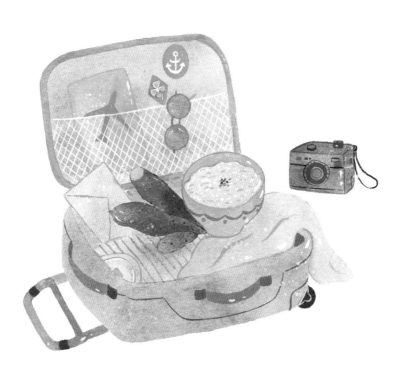

혼자만의 해외여행은 너무나도 매력적이다. 언제든 기회만 된다면 혼자서 떠나고 싶다. 친구들과 함께 다니는 여행객들이 하나 부럽지 않다. 혼자 하는 여행의 장점은 내가 가고 싶은 곳을 가고, 먹고 싶은 걸 먹고, 자고 싶을 때 자면서 여행 내내 내 뜻대로 오롯이 나만의 시간을 누릴 수 있다는 것이다. 상대방과 의견을 맞추느라 시간을 소모하지 않아도 되고, 내가 구경하고 싶은 상점에서 시간을 무한정 쓸 수 있다.

10년 전, 혼자 일본 여행을 갔을 때 교토의 대나무 숲으로 불리는 아라시야마를 방문했다. 그 근처에 대나무로만 만든 물건을 파는 작은 가게가 있었다. 나는 이 가게에서 무려

두 시간 넘게 있었다. 그릇, 받침대, 젓가락 등 요리 소품이 많아서 하나하나 구경하느라 시간이 가는 줄도 몰랐다. 아마 다른 누군가와 왔다면 눈치상 스윽 빠르게 보고 나왔겠지. 책방에서도 요리책을 구경하며 나만의 시간을 보낼 수 있다. 관광지를 바쁘게 다니는 것도 좋지만 이런 소소한 일상에서 얻어지는 기운을 더 좋아하는 편이다. 길을 물어보거나 음식을 주문하는 것 외에는 거의 말할 일이 없지만 심심할 틈이 없다.

3박 4일 동안 오사카와 교토를 여행했는데 아침 일찍 호텔 조식으로 시작해 여정을 보내다 지하철 막차를 타고 호텔로 돌아오는 마무리가 반복되었다. 온몸이 쑤시고 피곤해도 아침이 되면 시간이 아까워서 비몽사몽 일어났는데, 데오드란트를 미스트로 착각해서 얼굴에 뿌리기도 하고, 조식을 먹을 때 쟁반 위에 접시를 두지 않고 바로 음식을 얹기도 하고, 케첩과 초고추장을 착각해서 뿌리기도 하는 등 실소를 자아내는 일이 계속되었다. 그래도 한 군데라도 더 가보고 하나라도 더 맛보기 위해 일찍부터 서둘러야 했다.

이때만 해도 한국에서는 혼자 밥을 먹는 게 쑥스럽고 어색한 일이었다. 하지만 일본 여행을 다니면서는 혼자 식당을 잘도 드나들었다. 심지어 이자카야도 혼자 가서 나마비루(생맥주)와 꼬치구이를 함께 먹기도 하고, 줄 서서 먹는 인기 식당에서도 굳세어라 잘 먹고 나오곤 했다. 이렇듯 정신없지만 독립적인 여정 속에서 내 입맛을 바꾼 채소가 하나 있었으니 바로 '마'다.

　마찬가지로 지금은 한국에서도 많이 보이지만 당시에는 잘 없던 규카츠 식당이라는 곳을 처음 가보았다. 겉면은 튀겨져 있고 속은 핏기가 보일 정도로 익지 않은 소고기를 1인용 개인 화로 돌판에 올려 각자의 기호에 맞게 한 점씩 구워 먹는 방식이었다. 이 방식도 신기했지만 정점은 함께 나오는 갈은 마였다. 간 마를 밥 위에 얹어 비벼 먹는 것이었는데, 처음 접한 그 맛은 신기함을 넘어서 기묘했다.

　도깨비방망이 같이 생긴 기다란 몸통의 마 껍질을 벗기면 하얗고 미끄덩한 속살이 나온다. 이 미끄덩한 점액질이 마의 정체성이라고 할 수 있다. 하지만 나는 이 정체성이 싫어서 오랫동안 거들떠보지 않았다. 나에게 이 마는 그저 수

삼이랑 함께 갈아서 마시는 건강 주스 재료였다. 그 건강 주스의 주인은 늘 아빠였고, 나는 그것에 어떤 이의도 없었다.

그런 마를 내가 아주 맛있게 먹고 있었다. 특별한 조리가 된 것도 아니고 단지 마를 갈아서 밥 위에 얹어 비벼 먹는데 왜 이렇게 밥맛이 좋은지 밥이 끊임없이 들어갔다. 하얀 미음 같은 모양새인데 밥과 함께 먹으니 고소함이 넘쳤다. 나중에는 밥을 먹을 때 항상 갈은 마를 얹어서 먹고 싶을 정도로 빠져들었다.

마는 잘라서 굽거나 삶아서도 요리에 활용하는데 그럴 경우 미끈거리는 식감이 덜해진다. 그래서 일부러 가열하는 방식으로 먹는 사람도 있는데 이렇게 갈은 마 자체가 맛있게 느껴질 줄은 상상도 못했다. 밥을 더 많이 먹게 되어 본의 아니게 칼로리를 계속 축적하는 꼴이 되었지만 갈은 마의 유혹은 뿌리칠 수 없었다.

특히나 입맛 없을 때 집 나간 입맛을 돌아오게 하는 마력이 마에게 있다. 마와 친해진 뒤에는 이 마력을 여러 요리법에 응용했다. 구워서 소금에 찍어 먹기도 하고, 작게 썰어서 깍두기 볶음밥처럼 마를 넣고 볶아 먹기도 한다. 깍둑 썬 마와 밥 그리고 달걀을 기름에 함께 볶아 마무리로 참기름과 깨를 첨가하면 식감이 환상적이다. 마를 작게 다져 밥에 넣고 단촛물을 더한 다음 유부초밥으로 만들어내면 끊임없이 입으로 들어간다. 쉽게 만들 수 있는 시판용 유부초밥 키트에 마만 보태면 완성이다.

또 살짝 식힌 밥 위에 먹기 좋게 썬 마와 아보카도, 삶은 새우, 무순을 얹은 다음 간장과 와사비, 참기름을 섞은 양념 장과 비벼 먹으면 한국식 비빔밥과는 또 다른 맛을 느낄 수 있다. 무엇보다 제일 간편하게 만들어 먹을 수 있는 요리는 마 샐러드다. 슬라이스한 마를 기름에 굽다가 허브 솔트를 뿌려주고 샐러드 채소 위에 얹어 기호에 맞는 드레싱을 곁들이면 되는데, 마는 어느 드레싱도 잘 소화해 내며 고소하고 부담 없는 샐러드 한 끼로 손색이 없다.

지금은 흔하게 구입하기 쉽지만 예전에는 대형마트나 백화점 식품관을 가야만 마를 만날 수 있었다. 그 수고스러움을 마다하고 마를 사러 가는 발걸음은 늘 가벼웠다. 마의 끈적한 뮤신 성분이 위 점막을 보호해 주어서인지 마를 먹으면 속이 편하고 가볍기 때문이다. 한 살 한 살 나이를 먹으며 연륜이 쌓이는 것과 비례하게 몸에도 자꾸만 무언가 쌓이는 것처럼 위장이 유난히 무겁게 느껴지는 날이 있다. 그때마다 마를 정성스럽게 강판에 간 다음 밥 위에 고스란히 얹는다. 그 고소하면서도 담백한 한 끼로 식사를 마친 날에는 하얀 마가 없어진 것과 비례하게 무거웠던 마음이 눈 녹듯 가벼워지고 개운해진다. 물론 한 그릇만 먹는다는 전제 위에서 말이다.

단단한 아름다움을 지닌 그대, 당근

당근은 단단함을 가지고 있는 예쁜 채소다.
특히 밭에서 줄기까지 뽑아낼 때
땅에서 쑥 하고 빠져나오는 순간의 묵직함은
짜릿할 정도다.

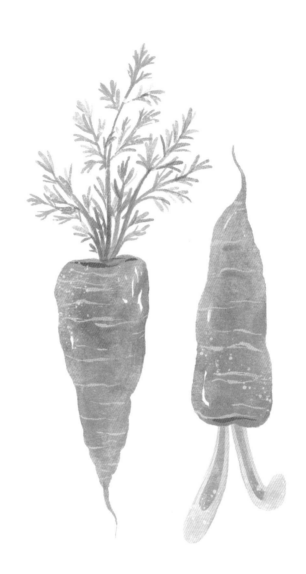

● 풋풋한 초등학교 시절에 즐겼던 게임이 있다. 바로 당근 게임. 여러 명이 둘러앉아 '당근 당근당근 당근!' 하고 외치며 율동과 함께 엄청난 집중력을 발휘하던 귀여운 시절이 있었다. 그때 내가 불러대던 당근은 몇 개나 될까. 이처럼 부르기에 입에 착착 붙는 이름을 가진 채소도 없을 것이다.

당근 하면 토끼와 말이 떠오른다. 이들이 주로 먹는 당근이 눈에 좋다고 하여 토끼랑 말이 안경을 쓰지 않는다는 우스운 이야기도 있다. 당근은 누구라도 그리기 쉽게 모양과 색이 단순하며 어린아이 역시 잘 알 만큼 친숙한 채소다. 다만 아이들에게 그리 인기 있는 채소는 아닌 듯하다. 이제 의

사 표현을 할 줄 아는 네 살 된 딸은 당근을 먹지 않겠다며 으름장을 놓는다.

주황색 비닐로 익숙한 길거리 포장마차에는 깔 맞춤 하듯이 기본 안주로 당근이 오이와 나란히 나온다. 집에서는 다이어트 채소로 빠질 수 없다. 마트건 슈퍼이건 시장이건 당근이 없는 곳을 찾기가 더욱 어렵다. 제주에는 당근으로 유명한 구좌읍이 있다. 이 구좌당근은 워낙 유명해 평소 당근을 찾아 먹지 않는 사람들도 제주를 방문하면 꼭 주스로라도 맛보고 간다.

이렇게 친숙하고 가까이 있고 모르는 사람이 없을 정도로 쉬운 채소인 당근인데, 실질적으로 보면 당근을 잘 활용해서 먹는 것 같지는 않다. 나 또한 그랬다. 내 요리에서 당근은 단지 색감과 식감을 위해 이용되는 조연이었다. 다양한 볶음 요리에 당근을 썰어 넣었지만 사실 당근을 먹기 위해서도, 당근이 맛을 좌우하는 것도 아니다. 그래도 매번 갈비찜, 불고기, 찜닭 등에는 당근이 빠지지 않았다. 그나마 당근을 조금이라도 제대로 먹기 위한 메뉴라면 구절판, 월남쌈, 양장피와 같이 다른 채소와 함께 골고루 먹는 음식이 있다. 역시나 당근을 주인공으로 내세운 요리는 아닌 것이다.

흔하게 보이는 식재료임에도 메인 재료로 사용된 요리로는 자주 등장하지 않는 아이러니한 당근. 그렇지만 당근은 단단함을 가지고 있는 예쁜 채소다. 특히 밭에서 줄기까지 뽑아낼 때 땅에서 쑥 하고 빠져나오는 순간의 묵직함은 짜릿할 정도다. 그리고 마침내 세상 밖으로 나온 흙이 털털하게 묻어 있는 당근의 모습은 너무 예뻐서 꼭 사진으로 남기게 된다. 농부 학교를 다닐 때는 자주 당근 씨를 뿌리고 키우고 뽑아보며 당근의 아름다움을 느낄 수 있었다.

이 아름다움을 온전히 맛으로도 느낄 수 있는 방법을 찾아보려고 많은 연구를 했다. 일단 서양식에는 사이드 메뉴나 가니시 형태로 미니 당근이나 당근 조각을 버터와 설탕 녹인 물에 함께 끓여 반질반질하게 내놓는 요리법이 흔하다. 또 당근을 스틱 모양으로 썰어서 내면 오도독오도독 씹히는 소리와 식감의 재미, 그리고 달달하게 차는 수분감으로 멈추지 않고 먹게 된다.

당근을 싫어하는 편식자나 아이들을 위한 최고의 응용법은 역시나 카레라이스다. 다만 일반 카레처럼 당근을 조각내어 넣는 게 아니라 몽땅 갈아서 카레와 함께 끓이는 것이다. 그러면 진한 카레 향에 묻혀 당근 한 개가 다 들어가도 잘 몰라서 먹기 좋다.

당근을 슬라이스해서 구워내는 방법도 있다. 도시락 단골 반찬인 분홍 소시지를 자르듯 당근을 원형 모양 그대로 얇게 슬라이스해서 팬에 굽고 접시에 담아낸다. 은근히 이 본연의 당근 반찬에 손이 간다. 구웠을 때 더욱 달달해지는 당근의 깊은 맛과 부드러우면서도 속에 살짝 남아 있는 아삭한 식감이 좋다.

당근이 요리에서 작용하는 큰 장점은 쉽게 무르지 않는다는 점이다. 고구마, 감자, 호박을 모양을 살린 채 익히고 싶은데 시간이나 불 조절을 잘못해 폭삭 뭉개져서 요리를 실패하는 사람이 많다. 그러나 당근을 이용하면 실패가 없다. 당근은 언제나 제 형체를 온전하게 지켜내며 맛과 영양까지 놓치지 않는다.

당근을 채 썰어 기름에 가볍게 볶기만 해도 당근 채 볶음으로 즐길 수 있다. 감자만이 감자채 볶음이 되는 것이 아니다. 감자채 볶음만큼 당근 채 볶음도 널리 익숙해지면 좋겠다. 특히 당근을 기름에 볶으면 지용성 비타민 흡수율이 높아진다.

당근을 길쭉하게 썰어 튀겨도 좋고 깍둑 썰어 맛탕처럼 만들어도 잘 어울린다. 일명 당근 튀김, 당근 맛탕이다. 고구마나 감자처럼 다른 채소로 만들 수 있는 요리를 당근으로도 충분히 만들 수 있다. 당근 밥 또한 참 괜찮다. 당근을 슬라이스해서 밥을 지을 때 넣어주면 예쁜 색감, 밥알과 잘 어울리는 식감에 영양까지 챙길 수 있다.

그리고 많이들 모르는데, 당근은 누린내와 비린내 제거에도 한몫하기 때문에 수육을 삶거나 생선 요리를 할 때 활용하면 훨씬 풍미 있는 요리가 된다. 이때 남은 당근 꼭지 부분을 썰어 물에 담가두면 싹이 돋아 예쁜 당근 잎을 볼 수 있다. 이렇게 언제나 우리 곁에 있는 당근을 조연으로만 두지 말고 좀 더 챙겨주기를 바라본다. 그의 단단한 아름다움이 드러나는 순간이 분명히 찾아올 것이다.

양이 많아 슬픈 양배추

양배추를 잘 활용할 수 있는 몇 가지 방법만 알아도

더 이상 냉장고에서 거뭇하게 변해가고 있는

양배추를 발견하고 슬퍼할 일은 없다.

오랫동안 양배추를 볼 때마다 슬픈 마음이 들었다. 분명 필요해서 사기는 했는데 얼마 사용하지 않아 냉장고를 열면 마치 새것처럼 덩그러니 놓인 양배추. 거기에다 단면이 거뭇거뭇하게 변한 모습은 마음을 아리게 하기 충분하다. 이 양배추 하면 지금도 손끝이 저릿할 만큼 아린 기억도 있다. 예전에 주방에서 일할 때 샐러드로 나가는 양배추를 채칼로 엄청나게 치다가 내 손가락 살도 함께 쳐버린 기억이다. 얼마나 쓰라렸던지 지금도 채칼로 양배추를 손질할 때면 손가락이 절로 오므라든다.

보통 가정에서는 절반이나 작게는 4분의 1로 절단된 양배추를 사는 편이다. 양을 고려해서다. 커다란 양배추 하나를 사면 생각보다 양이 많아서 냉장고에 방치되기 일쑤다. 어딜 가나 발견할 수 있는 식재료인데, 무엇보다 쉽게 먹을 수 있는 채소인데 유독 집에서만 사용하려고 하면 찔끔 써버리고 그대로 두게 된다.

달달하고 아삭한 양배추의 맛을 아는 나 역시 양배추를 본체만체 두다가 단면의 색이 변하면 그때서야 마음이 급해져 주변을 칼로 다듬어내고 쪄낸다. 양배추를 쪄두면 채를 썰어 샐러드로 먹는 것보다 훨씬 금방 먹기 좋다. 양배추가 채를 썰면 은근 양이 많아서 특히 혼자서는 빨리빨리 소비하기 어렵다. 착즙을 해서 마시지 않는 한 양배추를 빨리 먹기란 쉽지 않은 일이다.

양배추를 찔 때는 7분 법칙으로 한다. 7분 동안 쪄야 식감과 단맛이 최상으로 우러난다. 김이 오른 찜통에 양배추를 얹어서 뚜껑을 덮고 7분간 찌기. 다 찐 양배추는 절대로 찬물로 헹구지 않고 바람으로 식히거나 냉장고에 두고 식혀야 맛있다. 찬물로 헹구거나 물에 직접 넣어 데치거나 삶으면 수용성 영양 성분도 빠져나갈 뿐 아니라 단맛이 줄어든다.

초록식탁

찜통도, 삼발이도 없고 찌는 것이 귀찮으면 전자레인지로 쉽고 빠르게 익힐 수도 있다. 전자레인지용 접시에 담고 덮개를 덮어 2~3분 동안 돌려주면 된다. 이처럼 채소를 전자레인지로 조리해서 마치 찐 것과 같은 결과를 낼 수 있는데, 재료 특성에 따라 물을 자작하게 넣어주거나 뿌린 다음 조리를 해야 잘 익는다.

찐 양배추는 흔히 장류에 찍어서 밥이나 고기와 함께 먹는다. 이 과정을 생략하고 한 방에 많은 양배추를 활용하는 방법은 단연 양배추 말이다. 김발에 찐 양배추를 펼치고 밥, 쌈장, 고기를 얹어 돌돌 말아 한 입 크기로 썰어주면 눈 깜짝할 사이에 없어지는 마법 같은 메뉴로 변신한다. 어찌나 아삭하고 단 식감에 담백하게 입으로 쏙쏙 들어가는지 내가 좋아하는 음식 중 하나다. 밥 없이 두부와 채소만 넣어 채우면 더욱 가볍게 먹을 수 있다.

양배추가 많이 남아 있으면 양배추를 빨리 사용하기 좋은 요리를 만들게 된다. 대표적으로 오코노미야키로 불리는 일본식 양배추전이 있다. 양배추를 채 썰고 오징어와 해산물 몇 가지를 더해 부침가루 반죽에 넣는다. 재료들이 주로 보이게 걸쭉하게 섞어 부치는데 일본 스타일로는 마를 갈아서 넣기도 한다. 양배추를 가득 넣어 반죽 물보다 양배추가 더 많이 보이게 부쳐야만 제맛이다. 재료 위주로 가득하게 부치면 양배추의 적절한 수분과 아삭함 덕분에 질리지 않게 많이 먹기 좋은 채소전이 된다.

또 생양배추를 단순히 채 썰지 않고 한 입 크기로 네모지게 썰어내면 생으로도 잘 먹게 되는 신기함이 있다. 언젠가 일본식 술집을 갔을 때 한 입 크기로 썬 생양배추에 타래 소스라는 간장 소스가 뿌려져 나왔는데, 평소 잘 먹지 않았던 양배추를 아그작아그작 씹어대며 금방 접시를 비워내는 나를 발견했다. 집에 와서 활용해 보니 아무것도 뿌리지 않고 그냥 손으로 집어먹는 간식처럼 먹어도 달달하고 아삭한 맛이 일품이었다.

딸을 낳은 지 얼마 되지 않아 몸도 마음도 지쳐 있던 시절에 양배추는 참 기특한 채소였다. 출산하면서 알게 된 양배추 효능 덕분이다. 여자는 출산 후 젖몸살을 앓는데, 이때 찐 양배추를 냉장고에 넣어 차갑게 만든 다음 가슴 위에 얹어주면 터질 듯 붓고 아리던 가슴 통증이 완화된다. 또 양배추는 부기 해소와 독소 배출에 탁월하다. 이를 위해서 주스로 갈아 마셔도 좋다. 요새는 초고속 블렌더가 워낙 잘 나와 뭐든 곱게 잘 갈리기 때문에 생양배추에 새콤달콤한 과일 몇 조각을 더해 함께 갈아 마시면 묵은 체증이 다 내려가는 것 같은 기분이 든다.

부기를 빼고 독소를 밖으로 내보내는 효능 때문인지 양배추로 일명 마녀 수프를 만들기도 한다. 마녀 수프는 체중을 조절하고 싶은 사람들에게는 이미 유명한 음식이다. 각종 채소를 푹 끓인 다음 모두 갈아서 먹는 해독 수프인 셈이다. 이 수프에서 양배추는 중추적인 역할을 한다. 몸이 많이 붓고 노력해도 체중이 잘 줄어들지 않는다고 느껴질 때 양배추 주스나 스프를 3일 정도 섭취하면 변화를 느낄 수 있다. 뭐든 적어도 3일은 먹어줘야 내 몸이 알고, 그 기분을 느껴봐야 습관이 되면서 계속해서 실천할 수 있다.

이렇듯 양배추를 잘 활용할 수 있는 몇 가지 방법만 알아도 더 이상 냉장고에서 거뭇하게 변해가고 있는 양배추를 발견하고 슬퍼할 일은 없다. 오히려 많은 양에 감사하며 수시로 알차게 먹을 수 있는 채소가 양배추가 된다.

맑게, 깨끗하게, 자신 있게 연근

자신을 맑게 지켜내는 강인한 힘을 지닌 연근은
우리 몸에서도 자정 작용을 일으킨다.

● 　　　연근을 사고 집에 돌아와서 썰어보기 전까지 이 채소를 제대로 골라왔는지 하는 두근거림이 늘 따라다닌다. 어렸을 때부터 자주 봐왔던 연근은 구멍 숭숭 뚫린 얇은 단면에 까무잡잡한 모습이었다. 단순하게 연근은 연근조림으로만 먹는 줄 알았고, 원래 모양도 슬라이스 모양인 줄 알았다. 아마 지금도 연근을 직접 사거나 관심 있게 보지 않아 연근의 본 형태를 모르는 사람이 있을 것이다.

집에서 먹는 반찬이나 도시락 반찬, 급식 반찬, 식당에 가면 나오는 반찬은 언제나 윤기나게 갈색으로 조려지고 깨가 솔솔 뿌려진 연근조림이다. 지금 생각해 보면 왜 연근을 항상 간장 조림으로만 고수했을까 하는 의문도 생긴다. 그렇게 한결같은 모습으로 세상에 등장하던 연근이 요즘에는 세련된 모습을 보이고 있다. 연근조림에 질린 사람이 많았던 것인지 연근을 활용한 레시피가 많이 개발되었다. 더불어 인지도 역시 높아져 채소를 좋아하고 또 연근을 즐기는 나로서는 참으로 뿌듯하다.

이렇게 원래는 조리법이나 활용도 면에서 흔하지 않았지만 점점 인지도가 상승해 어디 마트나 시장에서도 한 자리를 차지하고 있는 연근을 보면 여전히 빛을 못 보고 있는 다른 채소도 얼른 성장하기를 바라는 마음이 든다. 콜라비, 마, 아스파라거스, 공심채, 고수 같은 채소도 예전에 비하면 확실히 찾는 사람이 많아졌다. 내가 요리연구가 선생님 어시스트를 할 때는 아스파라거스를 백화점 식품관에서나 비싸게 살 수 있었다. 내가 요리연구가 선생님이 된 지금은 일반 대형 마트에서 크기별로도 쉽게 살 수 있다.

최근 들어 많이 보이는 연근 반찬은 유자청에 절여진 연근조림이다. 연근이 늘 입고 있던 어둑한 옷은 사라지고 연근 본래의 하얀 색감 그대로 새콤달콤하게 청에 묻혀 나가는 요리다. 흑임자와 마요네즈가 섞인 양념에 고소하게 버무려진 연근 반찬도 만날 수 있다. 어느 순간 선풍적인 인기를 끌며 선호하는 배달 메뉴가 된 마라탕 안에도 연근이 풍덩 들어가 있기도 하고, 연근을 슬라이스해 바짝 말린 다음 양념을 가미해 간식처럼 즐기기도 한다. 또 차로 우려먹을 수 있게 파는 연근 칩도 많이 발견된다.

내가 새로운 맛으로 신선함을 느낀 연근 반찬은 연근 명란무침이다. 짭조름한 명란 알이 슬라이스된 연근 구멍 안에 채워져 있는 형태다. 연근과 명란이 궁합이 어찌나 좋은지 없던 입맛도 돌아오게 만드는 마법 같은 음식이다. 만드는 방법도 쉽다. 1센티미터 정도로 슬라이스한 연근을 끓는 물에 2분 동안 데친 다음 참기름에 버무린 명란 알을 연근 구멍에 쏙쏙 채워주면 끝이다. 밥반찬으로도 좋고 술안주로도 손색없는 연근이 주인공인 메뉴다.

예전에는 연근의 매력을 크게 알지 못했다. 지금은 마라탕을 주문할 때 수많은 채소 중에 유독 연근을 추가할 만큼 연근의 아삭한 식감을 좋아한다. 사실 연근 자체가 가지고 있는 맛은 크게 느껴지지 않는다. 하지만 연근의 식감과 갖

가지 양념과 국의 조화로움은 어느 채소도 따라 할 수 없는 큰 장점이다. 사각거림과 아삭함 그리고 동시에 찐득함과 쫀쫀함을 가진 묘한 식감. 끈끈한 뮤신 성분의 점액질인 실이 느껴지면서 입에 착 붙는 찰진 맛.

　전분기를 가지고 있는 연근을 다지면 더 끈끈하게 달라붙는다. 이 전분기를 활용해 만두 속을 만들거나 경단 스타일의 요리를 만들어도 좋다. 만두 속 재료로 다져 넣으면 쫀득한 식감이 더해져 맛과 건강까지 살린 만두가 된다. 동글동글 완자를 만들 때 다져서 함께 섞으면 더욱 찰진 식감을 선사한다. 이처럼 잘게 다져서 요리에 활용하면 아이들도 잘 먹게 되는 것이 연근이다.

　연근을 얇게 슬라이스해서 고기 반죽 위에 붙여 동그랑땡으로 부치면 고급스러운 연근전이 되고, 연근 자체만 밀가루를 조금 묻힌 다음 달걀 물에 쏙 담갔다가 빼내어 구워내면 연근이 주인공인 전이 된다. 특히 연근을 튀겨내는 연근 튀김은 별미다. 이때는 굳이 튀김 반죽이나 밀가루를 덧바르지 않고 단독으로 튀겨도 좋다. 연근 자체에 전분기가

초록식탁

있어서다.

　찌개나 국에 감자 대신 넣는 시도도 해보자. 연근이 푹 익으면 감자의 식감처럼 부드러워지는데, 여기에 감자에는 없는 쫀쫀함이 있어 감자와는 다른 매력을 맛볼 수 있다. 큼직큼직, 듬성듬성 썰어 차돌박이, 애호박과 함께 끓인 고추장찌개 속의 연근 맛은 먹어본 자만 알 수 있는 참맛이다. 고구마 밥처럼 밥을 지을 때 연근을 넣어 연근 밥을 만들 수도 있는데, 찰진 밥알과 더욱 찰진 연근이 입안에 철썩 붙으며 단맛을 선사한다.

　연근을 익히지 않고 사용해도 좋은데, 연근 장아찌를 만들어 밥 먹을 때마다 김치처럼 꺼내 먹으면 위장 건강에 좋다. 연근이 소화 작용에 도움을 주기 때문이다. 이처럼 곁들임 반찬으로 자주 먹으면 속의 부대낌을 줄여주어 편안한 식사를 만든다.

　채소는 보통 무엇이든 막 수확한 것이 좋은데, 연근이야말로 막 캐낸 생연근이어야지 그 진가를 느낄 수 있다. 생연근은 길쭉한 감자라고 생각하면 쉽다. 감자 껍질과 비슷한 색깔의 껍질로 싸여져 있다. 구입할 때 속을 잘라볼 수 없기에 종종 집에 가서 절반을 썰어보고 속이 썩어 있는 낭패를 겪기도 한다. 그래서 연근을 고를 때는 늘 다른 채소에 비해 심사숙고의 시간이 길어진다. 팁이라면 연근 외관에 짓무름이 없는지, 꼭지 부분에 곰팡이는 없는지, 전체적으로 단단한지 살펴보는 것이다. 개중에 무엇을 선택할지의 시간은 길지만 고르고 나면 구매까지는 자신 있게 일사천리로 진행된다. 연근을 활용하는 무궁무진한 레시피가 나에게 있으니까.

연근이 우리가 아는 연꽃이 피는 연의 줄기라는 사실을 모르는 사람들이 있다. 절에서 또 연못에서 흔히 볼 수 있는 그 연꽃이다. 연꽃은 진흙 속에서도 더럽혀지지 않는 걸로 잘 알려져 있다. 연 자체의 자정 작용 덕분이다. 자신을 맑게 지켜내는 강인한 힘을 지닌 연근은 우리 몸에서도 자정 작용을 일으킨다. 당분간은 뻔한 간장 조림은 접어두고 다채로운 방식으로 연근을 통해 몸을 깨끗하게 변화시켜 보자.

행복함 돌돌 말아, 채소 파스타

나물 자체의 고유한 향과 식감이 어우러진 파스타 면을
돌돌 말아 입안에 넣으면 행복함을 머금는 기분이다.

● 　　　나는 파스타를 참 좋아한다. 보통 토마토 파스타로 시작해서 크림 파스타 그리고 오일 파스타로 넘어온다면 진정한 파스타 마니아가 되는 과정을 거친 것이다. 일본으로 유학가기 전에는 고기나 해산물이 들어가는 파스타를 많이 먹었다. 일본으로 건너간 다음에야 나는 패밀리 레스토랑에서 처음으로 채소가 듬뿍 들어 있는 파스타와 메뉴 이름에 채소 이름이 붙은 파스타를 접할 수 있었다.

시금치와 버섯이 들어가 있는 파스타를 먹고는 그야말로 '신선한' 충격이었다. 흔히 아는 일반적인 파스타에 야채를 가득 넣었을 뿐인데, 그 신선한 풍미는 이전까지 느낄 수 없던 새로움이었다. 그때부터 나는 채소를 넣은 파스타에 빠져

갖가지 채소가 들어간 파스타를 즐기게 되었다. 특히 오일로 만든 채소 파스타를 좋아하는데, 채소를 접목하기에 오일 베이스가 재료의 향과 식감을 제대로 느끼는 데 제일 좋다.

그래서 오일 채소 파스타 레시피를 많이 연구하고 응용한다. 냉이 철에는 냉이를 넣은 봉골레 파스타를 만들어 대접하면 누구나 봄의 푸릇함을 입안 한가득 느낄 수 있다. 향이 강한 냉이이지만 오일과 어우러져 면과 함께 나가니 호불호가 없다. 오히려 향이 나는 채소가 오일 파스타와 더욱 잘 어울리는데 달래, 미나리, 쑥 등 다양한 봄나물을 이용해 만들어본 결과 늘 성공적이었다.

이때 기억할 것은 여러 나물을 섞지 말고 한 가지에 집중해 만들어야 해당 채소의 진가가 발휘된다는 점이다. 나물 자체의 고유한 향과 식감이 어우러진 파스타 면을 돌돌 말아 입안에 넣으면 행복함을 머금는 기분이다. 홍성에 살면서 봄이 되면 냉이나 쑥을 쉽게 만나게 되는데 뜯어 와서 바로 만들어 먹는 파스타의 맛은 잊을 수 없다.

쪽파나 마늘종을 넣은 오일 파스타도 얼마나 맛있는지,

느끼하지 않으면서 담백한 맛에 구운 고기도 함께 곁들이면 금상첨화다. 쪽파 같은 경우는 투움바 파스타를 만들 때 활용하면 잘 어울린다. 먼저, 생크림을 섞은 우유에 송송 썬 쪽파를 퐁당 담가둔다. 양송이버섯, 고춧가루, 새우, 간장, 마늘을 함께 올리브 오일에 착착 볶다가 쪽파 담긴 생크림 우유를 콸콸 부어 끓이고 삶은 페투치네 면을 넣은 다음 소금 후추로 간을 하면 끝. 느끼하지 않게 매력적인 퓨전 크림 파스타가 완성된다.

초록초록 한 채소 외에도 파스타와 잘 어울리는 채소가 있는데 바로 우엉이다. 우엉은 우엉조림이나 김밥 속 재료로만 생각하는 사람이 많은데 우엉을 넣어 지은 밥도 맛있고 우엉 채를 튀겨서 먹어도 맛있다. 파스타로는 채 썬 우엉을 오일에 볶다가 간장을 더하고 면과 함께 한 번 더 볶아내면 된다. 그 짭조름한 감칠맛은 먹어본 자만 알 수 있다.

요리 수업 때 실제 우엉을 처음 본 요리 초보자는 나무막대기 같다며 뜨뜻미지근한 반응을 보였는데, 우엉으로 만든 파스타를 맛보고는 그 맛에 빠져 한동안 우엉 파스타를 줄기차게 만들어 먹기도 했다. 한번은 푸드 매거진 촬영 때

모시조개와 우엉을 넣은 간장 오일 파스타를 만들었는데 맛을 본 기자님이 극찬을 해주었다. 그 칭찬과 기억은 몇 년이 지난 지금까지도 이어지는데, 내가 만든 파스타 사진을 SNS에 올리면 댓글로 그때 파스타가 그립다고 파스타 집을 차려 달라며 최고의 칭찬을 남긴다.

냉장고에 남은 채소 자투리가 많다면 푸짐한 채소 파스타를 만들 수 있다. 여러 야채를 본연의 맛과 식감 그대로 동시에 맛볼 수 있는 요리가 된다. 또 좋아하는 특정 채소만 활용해 자신만의 시그니처 채소 파스타를 만들어도 좋다. 해산물도 한 종 넣으면 좋은데 이때는 채소 종류 가운데 하나, 해산물 종류 가운데 하나, 이렇게 종류마다 한 가지만 넣고 만들어야 깔끔한 파스타가 완성된다.

한국 영화 〈리틀 포레스트〉에서는 봄 요리로 꽃잎을 활용한 오일 파스타가 등장한다. 영상으로만 봐도 봄의 화사한 내음이 코와 입까지 전해지는 것 같다. 여름에는 열기를 가득 물고 태어난 여름 채소를, 가을에는 풍성함을 담은 가을 채소를, 겨울에는 억세고 질긴 성질을 가진 겨울 채소를 활용해 철마다 계절마다 어울리는 채소 파스타를 만들어보자. 지금 이 시점에는 어떤 채소로 만들어볼까. 벌써 기대가 된다.

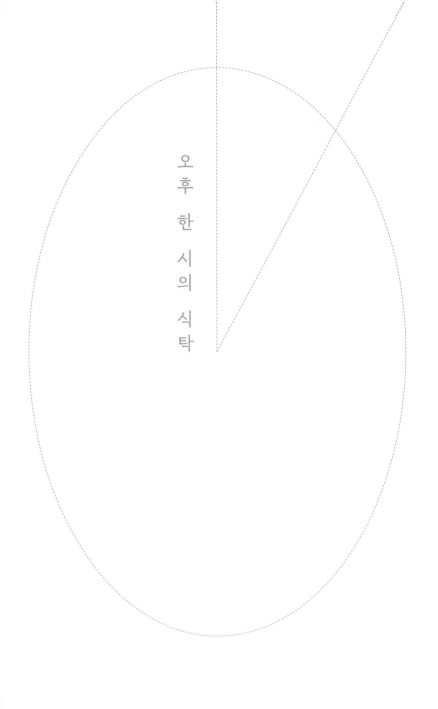

오 후 한 시 의 식 탁

나도 샐러드를 배달시킨다

'오늘 샐러드 너무 좋았어요',
'당신의 샐러드 덕분에 나는 조금 더 건강해집니다' 같은
마음을 담아.

●　　　나도 가끔은 샐러드를 배달시켜 먹는다. 그 이유
를 찾자면 몇 가지를 들 수 있다. 일단 요새 샐러드 가게가 워
낙 많이 생기다 보니 샐러드 메뉴 역시 참 다양하다. 다양한
샐러드를 맛보고 싶은 욕구는 채소 마니아로서의 사심, 그리
고 채소 소믈리에라는 직업 정신과 연관이 있다.

　사실 직접 장을 봐서 샐러드 재료를 사면 몇 끼를 만들
어 먹을 수 있다. 이를 생각하면 배달 샐러드는 비싼 편이다.
하지만 양상추 한 통만 사도 먹기 좋게 뜯어 찬물에 담가 세
척해 두면 양이 어마어마해진다. 시들기 전에 다 먹어야 한
다는 의무감이 생기기도 한다. 하지만 그 의무감이 무색하게
양상추는 수분이 많아서 2~3일 안으로 금방 갈변이 시작되

고 짓무르다 보면 손이 가지 않는다.

또 마음먹고 샐러드 잔치를 하겠다고 마트를 다녀오면 냉장고가 푸르른 채소들 잎으로 꽉 차는데 다른 식사 약속이 있거나 다른 음식이라도 먹게 되면 그 채소들을 계속 놓치는 경우가 발생한다. 내가 염소나 토끼나 말처럼 주식이 풀이라면 언제나 채소가 풍족하게 있어야 하지만 사람인 나는 아무리 풀을 즐겨 먹어도 매일 풀만 먹는 건 지루할 수밖에 없다.

어쨌든 이러저러한 이유로 샐러드를 자주 배달시켜 먹는다. 수많은 샐러드 메뉴를 하나씩 먹어보고 싶은 궁금증이 늘 있다. 주문한 샐러드를 받아보면 먹기 전에 어떤 채소와 어떤 토핑을 더하고 어떤 드레싱으로 마무리했는지부터 한 그릇의 양이며 채소의 가짓수, 거기에 따른 가격 등 세세한 부분까지 요리조리 뜯어본다.

요즘에는 채식주의자도 많고 건강한 식단, 다이어트 등을 위해 샐러드를 더욱 가까이 하는 사람이 많아지고 있다. 그래서일까, 몸이 가벼워 보이는 사람이 눈에 많이 띈다. 나 역시 몸을 가볍게 하고 싶을 때는 무조건 포만감을 잔뜩 주는 요리나 밥 종류보다는 배부른 듯 배부르지 않은 담백한 샐러드를 택한다.

밥 한 끼에 맞먹는, 최근에는 백반 상차림보다 가격이 더욱 나가는 샐러드가 활성화되는 현상은 자신을 위한 투자를 아끼지 않는 세상으로 바뀌어가고 있다는 증거다. 바쁜 일상에서 스스로 밥을 차려 먹을 기운도 없을 때 이왕 먹는 거 좋은 음식으로, 나를 건강하게 해주는 음식으로 샐러드는 환영받는다. 배달 어플에 들어가 어떤 샐러드를 주문할지 고민을 하는 내 모습이 왠지 멋있는 이유다.

파는 샐러드는 양이 많아서 두 끼로 나눠 먹기에도 괜찮다. 토핑으로 육류나 해산물을 더하면 영양소도 골고루 안정적이다. 내가 중요하게 생각하는 건 드레싱인데, 어떤 드레싱을 선택해도 그 양을 잘 조절해야 한다. 제공되는 드레싱을 남김없이 부어 먹으면 분명 자극적이게 느껴질 것이다. 회를 초장 맛으로 먹는 것처럼 샐러드를 드레싱 맛으로 먹는 셈이 된다.

드레싱을 3분의 1 정도 먼저 부어 맛을 보면서 그 풍미만 느껴지게 곁들이는 게 좋다. 드레싱 향이 나는구나 하고 느낄 수 있는 정도다. 채소와 토핑 그리고 드레싱이 자기 존재를 각자 주장할 때 이들이 어우러진 샐러드의 맛을 온전히 받아들일 수 있다. 또 하나의 드레싱을 알차게 여러 번 활용할 수 있다는 장점도 있다.

지금까지 주문해 먹었던 샐러드 가운데 가장 마음이 흡족했던 샐러드는 구운 버섯 샐러드에 구운 새우를 토핑으로 추가한 것이다. 그릴에 풍미 좋게 구워져 채즙이 가득한 통통한 새송이버섯과 새우가 라디치오, 양상추, 적양배추 위에 먹음직스럽게 올라가 있고 해바라기 씨, 할라피뇨, 병아리콩, 슬라이스 아몬드가 곳곳에 아기자기 숨어 있다. 드레싱은 할라피뇨 오일로, 새콤하면서 느끼하지 않아 물리지 않게 먹기 좋다.

이렇게 직접 발로 시장조사를 다니지 않고 집에서 편하게 받아먹을 수 있으니 참 좋은 세상이다. 샐러드를 받아볼 때면 먹기도 전에 괜히 마음이 흐뭇하다. 이 흐뭇한 마음은 샐러드를 다 먹고 나면 배가 되는데, 배달 어플의 또 다른 재미인 리뷰 덕분이다. 나는 꼭 리뷰를 남기는 편이다. 좋은 리뷰는 응원이 된다고 생각하기 때문이다. 나의 응원에 힘입어 의욕이 올라가고 신나서 요리를 하는 사람의 모습과 기분 좋은 하루를 상상한다. '오늘 샐러드 너무 좋았어요', '당신의 샐러드 덕분에 나는 조금 더 건강해집니다' 같은 마음을 담아 리뷰를 예쁘게 남기면 샐러드 배달의 진정한 마무리가 이루어진다.

세상 곳곳에 고수의 고수

고수를 먹는다고 하면

진정한 고수처럼 보이는 그 자부심과 뿌듯함은

고수를 즐기는 고수들만이 알 수 있다.

● 　　　초보자에게는 정말 힘들게 느껴지는 고수, 그리

고 마니아에게는 가장 맛있는 채소로 왕창 먹게 하는 고수는

진정한 고수다. 그렇다면 나는 현재 고수 마니아다. 물론 처

음부터는 아니었다. 내가 고수를 처음 접한 때는 2009년쯤이

다. 일본 유학생이었던 당시 나는 고깃집에서 아르바이트를

했는데 그때 같이 일하던 알바생들이 대부분 미얀마 사람이

었다. 점심을 함께하는 그들이 국수에 고수를 넣자 따라 넣

어 먹었다가 깜짝 놀란 것이 고수에 대한 나의 첫 기억이다.

　고수의 첫맛은 행주 냄새 또는 걸레 냄새에 가까웠다. 습

해서 빨래가 냄새나게 마른 향이랄지, 냄새나는 행주로 식탁

을 닦아 그 잔향이 풍길 때의 향이랄지 딱 꼬집어 정확하게

설명할 수는 없는데 그런 유의 향이었다. 어떤 사람들은 비누 향, 샴푸 냄새, 향수 냄새 등으로 표현하기도 하는데, 하여간 사람들이 느끼는 게 다양한 호불호가 확실한 채소다.

그때 그 순간에는 고수를 조금도 먹을 수 없었다. 배가 너무나도 고팠지만 고수 향이 이미 배어버린 국물은 도저히 삼킬 수 없는 것이었다. 결국 나는 대충 둘러대고 식사 자리를 떠났다. 그리고 며칠 뒤 또다시 이 친구들에게 빨간색을 띠는 절임 형태의 풀을 밥과 비벼 먹어보라고 권유받아 맛을 보았는데 그것 역시 고수였다.

역시나 강한 고수 향 때문에 쉽지 않았는데 지금보다 더 소심한 시절의 나는 맛이 이상하다는 표정을 짓지도 못하고 숨도 안 쉬고 꿀꺽 삼켜버렸다. 미얀마 친구들이 나를 이상하게 볼까봐 또는 그들의 마음이 상할까봐 등등 나름의 복잡한 이유로 티를 내지 못하고 배가 부르다는 말로 그 상황을 벗어났다.

그 후로 미얀마 친구들과 같이 하는 식사 시간이 되면 항상 긴장이 되었다. 고수가 있는지 식탁 위를 살피게 되고, 그

초록
식탁

러면 또 어떻게 상황을 모면할지 고민하게 된 것이다. 그렇게 고수는 내 스타일이 아니라고 굳게 믿고 그 시절이 지나갔다. 그리고 그 시절이 무색하게도 나는 고수에 빠져버렸다. 바로 베트남 쌀국수에 눈을 뜨기 시작하면서부터다.

필리핀 세부로 여행을 갔을 때 어떤 운명이 나를 쌀국수 맛집으로 이끌었다. 그곳에서는 줄기와 잎까지 모두 온전하게 달린 고수와 박하 허브를 가득 담은 바구니를 쌀국수와 함께 테이블에 놓아준다. 마치 한국의 고깃집이나 쌈밥집에서 바구니에 잎채소들을 담아 한 켠에 놓아두는 것과 같은 모습이다.

분위기 탓이었을까 박하와 고수를 몇 잎 뜯어 넣고 조심스레 국물을 맛보았는데 국물이 시원하고 향이 깊어지는 게 너무 맛있었다. 더욱 풍성해진 맛의 쌀국수에 라임즙까지 샤샤샥 뿌려 개운하게 먹은 그 쌀국수의 맛은 잊을 수가 없다. 바로 그때부터다. 정말이지 한순간에 나는 고수의 매력에 홀라당 빠졌다. 예전에 드라마를 보다가 배우 고수에게 빠졌는데 다른 드라마를 보다가 금방 다른 배우에게 마음이 돌아간 적이 있다. 하지만 이와 달리 이 채소 고수는 먹을수록 더욱 더 빠지는 매력이 분명히 있었다.

한국인들 대부분이 싫어하는 허브를 꼽으라면 고수라고 할 정도로 고수를 기피하는 사람이 많다. 반면 고수를 사랑하는 소수의 사람들은 국수를 먹을 때 면보다도 고수를 더 많이 듬뿍 얹어 먹을 만큼 이 채소에 대한 애정이 크다. 고수를 먹는다고 하면 진정한 고수처럼 보이는 그 자부심과 뿌듯함은 고수를 즐기는 고수들만이 알 수 있다. 조금 더 어른이 된 기분이랄까.

예전만 해도 고수를 구하기가 쉽지 않았지만 한국인들 사이에서 고수 마니아가 늘어나면서 대형 마트에만 가도 고수를 쉽게 만날 수 있다. 또 텃밭에서 고수를 직접 키워 먹을 수도 있다. 고수는 의외로 다른 음식과 다양하게 잘 어울린다. 고기를 구워서 싸 먹으면 좋고 라면에 넣어도, 불고기, 샌드위치, 볶음면, 볶음밥, 샤브샤브 등에 넣어도 조화롭다.

집에 재어둔 불고기가 있다면 볶아서 또띠아나 바게트 빵에 올리고 고수까지 얹으면 익숙한 한식에서 벗어나 동남아풍의 색다른 요리로 즐길 수 있다. 해산물과 우동 면을 칠

리소스에 볶은 다음 불을 끄고 남은 열기에 고수를 뿌려 버무리면 색다르면서 간단한 볶음 우동이 된다. 버터를 녹인 팬에 달걀 물을 넣고 베이컨과 함께 스크램블로 만들어준 다음 고수를 곁들여서 토스트한 식빵 위에 얹으면 근사한 브런치로 손색이 없다.

삶은 달걀에 마요네즈, 허니 머스터드, 다진 양파와 다진 고수를 섞어주면 느낌 있는 샐러드가 되고, 얇게 썬 토마토를 오일에 굽다가 슬라이스 치즈를 알맞게 얹어주고 그 위에 고수를 올린 다음 치즈 가루까지 뿌려주면 집에서도 근사한 와인 안주가 탄생한다. 고수 하나로 요리의 신비로움과 다채로움을 느낄 수 있는 것이다.

고수는 특이한 채소인 것 같다. 싫어하는 사람이 많을 정도로 그 향이 강하고 생소하게 느껴져 멀리하지만 입맛에 들게 되면 어느 요리에나 접목할 수 있는 흡수력이 좋은 채소이기 때문이다. 미나리과인 고수는 미나리 삼겹살처럼 삼겹살을 구울 때 함께 구워 먹으면 향이 잘 어울려 맛있는 고수 삼겹살 구이를 먹을 수 있다. 이제 우리 집 고기 파티에서는 고수가 빠지는 날이 별로 없다. 고수는 언제나 풍성하게 식탁 위를 차지하고 있다.

가족 중에는 큰언니가 나와 같은 고수 마니아다. 큰언니 역시 나와 같은 과정으로 고수에 빠졌다. 처음에는 싫어하다가 지금은 고수의 고수가 된 것이다. 이런 경우를 보면 분명 지금 고수를 좋아하지 않는 많은 사람들 중에서도 점점 고수의 맛에 빠지는 사람이 계속해서 생겨날 것이라는 예감이 든다. 그때는 고수가 상추처럼 대중적이고 친숙한 채소가 되지 않을까.

고수의 참 매력을 느끼고 있는 나는 고수 전도사로 활동하고 있다. 틈날 때마다 고수의 매력을 부르짖는다. 고수 특유의 향기로움을 함께 누리고 싶은 바람을 담아서 말이다. 하지만 고수는 누구에게 추천받아서 좋아하게 되는 채소가 절대 아니다. 본인 스스로 반하지 않고서는 절대로 고수에 빠질 수 없다. 그저 오늘도 고수의 고수들이 세상 곳곳에서 등장했으면 하는 바람을 더할 뿐이다.

여전히 오이와 씨름 중

지금도 목욕탕을 떠올리면 오이 향과 어우러진
뜨끈한 수증기의 더운 기운이 생생하다.

요리연구가이자 채소 소믈리에인 나 홍성란, 공개적으로 처음 고백한다. 나는 오이를 좋아하지 않는다. 영화나 드라마를 좋아하는 사람도 좋아하지 않는 장르가 있을 것이고, 패셔니스트도 좋아하지 않는 스타일이 있을 것이다. 육류를 좋아하는 사람도 좋아하지 않는 부위나 종류가 있는 것처럼 나도 채소들을 좋아하지만 그중 좋아하지 않는 채소도 있다. 오이가 내게 그런 존재다.

어렸을 때 엄마를 따라 목욕탕에 가면 문을 열자마자 오이 냄새가 느껴졌다. 목욕탕에서 아줌마들이 강판에 오이를 갈아서 팩을 할 수 있었던 시절의 이야기다. 지금도 목욕탕을 떠올리면 오이 향과 어우러진 뜨끈한 수증기의 더운 기운이 생생하다. 그 생생한 오이 냄새는 내게 좋은 향수가 아니다. 마주할 때마다 뜨악했던 어린 시절의 나는 여전하다.

어렸을 때부터 오이를 잘 먹지 않았다. 향 때문이었던 것 같은데, 말로 표현할 수 없는 비릿한 향이 거북했다. 오이를 입에 넣었을 때는 그 비릿함이 배가 되었고 그래서 최대한 기피해 왔다. 그때부터 나에게 오이 탐지기 기능이 생겼다. 달걀 이불을 뜨뜻하게 덮고 있는 오므라이스, 그 이불을 들춰내지 않더라도 그 속에 잘게 다져진 오이를 탐지할 수 있다. 아무도 느끼지 못하는 작은 존재감의 오이도 거대하고 민감하게 느낄 수 있는 능력이 나에게 있는 것이다.

이 능력이 좋은 능력인지는 의문이다. 아무리 맛있는 요리일지라도 오이 맛이 느껴지면 내 입에는 맛이 있지 않다. 언젠가 사람들이 줄을 서서 먹는 유명한 냉면 가게에 찾아간 적이 있다. 오랜 기다림 끝에 부푼 마음으로 냉면 그릇을 손에 넣었는데 이게 웬일, 가늘게 채 썬 오이가 면 위를 산더미처럼 수북하게 덮고 있는 게 아닌가. 기대로 빵빵해진 내 마음은 순식간에 폭삭 쪼그라들었다.

냉면인지 오이냉국인지 헷갈릴 정도의 모습은 어찌 보면 오이를 아끼지 않는 인심 좋은 음식점의 자부심이지만, 내게는 그저 야속함이었다. 아무리 걷어내고 건져내도 끝도 없이 발견되는 오이에 어쩔 수 없이 그냥 먹어야지 하고 국물을 한술 떴는데, 이미 냉면에서는 오이냉국의 진한 향이 느껴졌다. 결국 나는 냉면을 그대로 반납할 수밖에 없었다.

오이 탐지기 기능은 나의 식생활을 종종 불편하게 한다. 김밥을 깔끔하고 시원하게 만들어주는 재료인 오이가 내게는 그저 장애물이기 때문에 김밥을 주문할 때는 항상 오이가 들어가는지 먼저 확인을 하고, 들어간다면 빼달라고 말을 한다. 배달 어플을 통해 김밥을 주문할 때는 메뉴 사진과 리뷰 사진 속의 김밥을 유심히 보면서 오이의 존재 유무를 파악하는 데 상당히 많은 시간을 쓴다. 이 외에도 오이가 들어가는 비빔밥, 쫄면, 양장피 등 오이가 고명으로 올라가는 음식에는 꼭 '오이 빼주세요!'를 외친다.

그만큼 오이 향은 내게 쥐약과도 같다. 하지만 오이를 뺌으로써 그 요리의 맛을 진중하게 느끼지 못하는 게 항상 아쉽다. 오이소박이, 오이생채 등 오이가 주재료로 들어가는 음식은 꿈도 꾸지 못하기에 요리하는 직업을 가진 나로서는 오이 기피가 숨기고 싶은 콤플렉스다.

그런데 주변에 오이를 좋아하지 않는 사람이 꽤 많다. 싫어하는 이유는 대부분 나의 이유와 같다. 오이 향이 비리다는 것이다. 항간에서는 오이 향을 기피할 수밖에 없는 유전자가 있다고도 하는데, 어렸을 때부터 여러 조리 방법으로 오이에 대한 편식을 고칠 수도 있지 않을까 하는 궁금증도 있다. 우리 엄마는 나의 식성을 존중해서 먹기 싫다고 하는 것은 대체로 주지 않았다. 집에서 냉면을 만들어줄 때도 언제나 내 그릇에는 초록색 오이 고명이 빠져 있었다.

그도 그럴 것이 오이 향과 비슷하게 느껴지는 향은 모두 피하기 일쑤였다. 오이 향이 느껴지는 향수, 비누, 팩은 물론이고 심지어 메론, 참외, 수박, 늙은 호박, 단호박도 달달하게 잘 익은 게 아니라면 오이 향이 느껴져 잘 안 먹게 된다. 오이 피클도 통조림으로 만들어진 건 향이 잘 느껴지지 않아서 괜찮지만, 바로 담가 먹는 생오이 피클의 경우는 선호하지 않는다. 오이가 양념이 센 골뱅이무침으로 버무려졌을 때는 그럭

저럭 양념 맛으로 먹기는 한다. 그러나 오이가 있다, 오이가 들어 있다 하는 생각으로 먹게 되는 맛이기는 하다.

그래도 참 다행이라면 내가 오이 알레르기가 있는 것은 아니기에 요리에 활용하는 일은 문제가 없다. 프로 의식을 십분 발휘해 요리 수업에서는 오이를 다각도로 활용한다. 좋아하지 않을 뿐, 미워하는 마음은 아니기 때문이다. 내 입에 넣지 않을 뿐, 다른 사람의 입에는 넣어주고 싶은 좋은 채소라는 사실을 알기 때문이다.

생오이일 때 더 비릿한 향이 나는 오이의 향을 줄이는 방법이 있다. 소금에 절였을 때, 기름에 볶아 익혔을 때, 속 씨를 제거했을 때. 이 세 가지 방법을 통해 오이의 비린 향을 조금은 줄일 수 있다.

이 방법을 깨닫게 된 건 풋풋한 나이였던 2003년도. 과감하게 요리에 발을 들인 시기다. 한식 조리사 자격증 준비를 할 때였는데 시험 메뉴 가운데 오이숙장아찌가 있었다. 도톰하고 길쭉하게 썬 오이를 소금에 절인 후 양념한 소고기, 표고버섯을 각각 볶은 다음 함께 버무려 볶아내는 실습 메뉴다. 애초에 오이 속 씨를 제거한 데다 기름에 볶기까지 했으니 오이의 본래 향과 맛이 더욱 감소하는 것이었다.

이러한 조리법을 통해 나는 오이를 융통성 있게 사용할 수 있게 되었다. 집에서 오이로 요리를 할 때는 절반을 썰어 속 씨를 제거하고 소금에 살짝 절인 다음 기름에 볶아준다. 이때 더하는 다른 채소, 육류, 해산물 등은 그때그때 다르게 바꿔준다.

오이와 데면데면하게 지낸 지도 벌써 30년 가까이 되어간다. 하지만 고수가 어느 날 일순간에 애정하는 채소로 등극한 것처럼 오이도 언젠가는 그런 날이 올 수도 있지 않을까. 이런 기대를 부엌 한 켠에 세워두고 여전히 나는 오이와 씨름 중이다.

찬양하고 또 찬양하라, 나의 셀러리

오늘도 셀러리 주스를 만들어
냉장고가 초록빛으로 물들게 가득가득 채워두어야겠다.

●　　　　셀러리 하면 패밀리 레스토랑에서 버팔로 윙과 함께 스틱 형태로 사워크림을 찍어 먹는 셀러리를 떠올리는 사람이 많을 것이다. 나 또한 그렇게 셀러리를 처음 경험했다. 셀러리는 실제 양식 요리에서 많이 활용되고 있다. 양식 조리사 자격증 공부를 할 때도 스튜나 스프에 이용하는 경우가 많다. 이렇듯 양식풍의 이미지로만 셀러리를 알아오다 요리연구가로 일을 시작하면서 셀러리가 생각보다 많은 요리와 잘 어울리고 활용하기에도 좋은 채소라고 깨달았다.

　　그럼에도 집에서 가족들과 식사를 하기 위해 하는 일상 요리를 위해서는 셀러리를 잘 사지 않았다. 특히 생으로 먹기에는 질기고 쓴맛 때문에 되레 피해왔다. 더구나 마트에서는 조금씩 팔지 않고 많은 양을 다발로 팔기 때문에 더욱 손이 가지 않았다. 그렇게 친하지 않던 셀러리를 내가 한 번에 3킬로씩 주문하기 시작했는데, 그 이유는 바로 셀러리즙이다.

한 건강 프로그램에 전문가 패널로 출연한 적이 있다. 그때 주제가 셀러리 주스였다. 셀러리는 만병통치약이라고 할 정도로 안 좋은 게 없는 알찬 영양 채소다. 이날 방송을 계기로 나는 셀러리즙에 중독되었다. 뭐에 한번 꽂히면 빠르게 움직이는 나는 바로 앤서니 윌리엄의 베스트셀러《셀러리 주스》를 구매해 셀러리 주스의 효능을 해부하기 시작했다. 혹시 셀러리즙 챌린지라고 들어보았는가. 세계적인 톱 모델 미란다 커를 비롯해 많은 사람이 셀러리 주스를 통해 몸의 좋은 변화를 느낀 후기가 널리널리 퍼지면서 셀러리 주스 챌린지가 시작되었다.

셀러리를 물과 함께 갈아 마시는 방식이 아니라 셀러리만 착즙해 백 퍼센트 셀러리 주스로 마신다. 다른 과일과 섞어서도 안 된다. 오로지 셀러리만 들어가는 주스여야 한다. 이 주스의 가장 큰 효과는 바로 염증 제거다. 몸 안의 나쁜 염증을 완화해 치유를 도와 면역력을 높여준다. 더불어 배변 활동과 신진대사를 높여주니 체중 조절에도 좋은데, 특히 뱃살을 줄이는 데 도움이 된다.

마시는 것만으로 건강과 다이어트 그리고 피부 미용까지 챙길 수 있다는 점에 끌려 이 해독 주스를 위해 인터넷 사이트에서 한 번에 무려 3킬로씩 셀러리를 주문해 오고 있다. 이 셀러리 다발을 모두 착즙해 병에 나눠 담은 후 냉장 보관하면서 먹는다. 3킬로가 많은 양 같지만 착즙하면 얼마 되지 않을 뿐더러 남편은 또 요런 건강 주스는 좋아해서 만들어두고 같이 마시면 3일 정도면 빈 병이 쌓인다. 셀러리 주스가 바닥을 보일 때쯤에는 곧바로 셀러리 주문에 들어간다.

착즙기가 없을 때는 일반 블렌더에서 셀러리를 갈아도 되는데 이때도 물은 넣지 말아야 한다. 셀러리 자체적으로 수분이 많기 때문에 블렌더에서 저속으로 돌리다 보면 점점 수분이 생기면서 이끼 같은 형태의 죽이나 수프처럼 갈아진다. 슈렉 주스라고 해도 잘 어울릴 만큼의 초록빛의 액체다. 이 액체를 그대로 마시면 제일 좋지만 그게 거북하다면 면보를 활용해 꽉 짜준다. 그러면 초록색의 녹즙 형태로 주스가 만들어진다. 역시 아무래도 제일 좋고 편한 과정은 착즙기를 이용하는 방식이다. 우리 집 착즙기는 건더기까지 같이 주스로 나오는데 오히려 섬유질도 함께 챙길 수 있어서 더 좋다.

셀러리 주스를 먹으면서 가장 크게 느낀 효과는 배변 활동이다. 셀러리 주스를 쾌변 주스라고 부르고 싶을 정도다. 화장실을 정말 시원하게 가게 되는데 몸속의 노폐물이 후루룩 쑤욱 빠져나가는 기분을 느낄 수 있다. 기분을 넘어서 몸도 가벼워지고 부기가 빠져 얼굴도 날렵해지고 혈색도 맑아진다. 이 효과를 몸소 경험하고 나면 셀러리 주스를 멈출 수 없다.

손이 많이 가도 내가 직접 만들어 먹어야 안심이 되고, 또 주스 형태로 사 먹기에는 비싼 편이다. 이 셀러리 주스를 여러 가족에게 권해보았는데, 친정 식구들은 먹기 힘들어했고 시가 식구들은 물에 조미료인 미원을 탄 맛이라고 후기를 들려주었다. 이 후기가 정확한 게 셀러리는 사실 짠 채소다. 셀러리 자체의 나트륨 성분이 있는데, 신기하게도 이 나트륨 성분이 짠맛을 내는 동시에 우리 몸의 갈증 해소를 도와준다.

이 같은 효능으로 숙취 해소에도 좋다고 하는데, 여러 번 직접 실험해 본 결과 사실이다. 술 마신 다음 날, 특유의 목마름을 금방 해결해 주면서 간 해독을 빠르게 해주는 기분이다.

셀러리 주스를 찬양하라고 하면 한도 끝도 없다. 셀러리를 활용하는 많은 레시피를 알지만 단연 셀러리 주스가 으뜸이다. 셀러리 주스를 만들고 난 다음에 생기는 약간의 건더기마저 아까운 마음이 든다. 그래서 셀러리 건더기를 밥을 지을 때 넣기도 하고 수육을 할 때 잡냄새 제거용으로 물에 넣기도 한다. 또 함박 스테이크나 동그랑땡 같은 고기 패티 반죽에 섞어 구워내면 아이들 영양식으로도 어른들 건강식으로도 좋다.

셀러리는 줄기만 먹는 게 아니라 잎도 생으로 먹을 수 있다. 그렇다면 샐러드 채소로 활용하기에도 좋다는 말이다. 신선한 셀러리를 씹어 먹을 때 비록 쓴맛은 있지만 입안에 청량함이 가득 차면서 개운해지고 머리가 맑아진다. 이쯤 되면 내가 마치 셀러리 홍보대사인 것 같은데, 채소를 소개하는 채소 소믈리에로서 가까이 하면 할수록 너무나 좋을 채소를 사람들에게 권하지 않는 것은 직무 유기다. 나부터 오늘도 셀러리 주스를 만들어 냉장고가 초록빛으로 물들게 가득 가득 채워두어야겠다.

마늘 냄새 혹은 마늘 향기

공중에 향수를 뿌리고 가볍게 한 바퀴 휘 도는 것처럼
식탁 앞에 사뿐하게 앉아 마늘 향기를 오감으로 느껴본다.
바야흐로 내 몸에서 진짜 마늘 향기가 나는 것 같다.

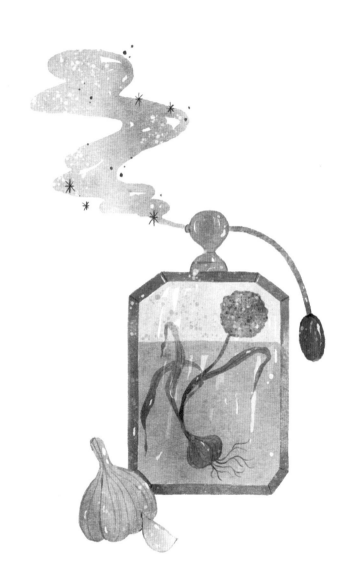

한식 요리에 빠질 수 없는 가장 기본적인 채소 마늘. 혹자는 우리 한국인을 마늘의 민족이라 부른다. 볶음, 찜, 국 등 장르를 불문하고 마늘은 다양한 형태로 이용되고 있다. 다양한 쓰임 덕분에 마늘은 다진 마늘, 슬라이스 마늘, 깐 마늘, 통마늘 등 용도에 맞게 친절하게 판매되고 있다.

어릴 적에는 엄마가 항상 마늘 까는 일을 반 강제적으로 돕게 했다. 신문지를 깔아놓고 그 위로 껍질이 붙은 통마늘이 다발로 얹어져 있으면 예고편인 것이다. 조금 후 나를 부르는 목소리가 들린다. "성란아~ 마늘 까자~." 엄마의 부름에 마지못해 자리를 잡고 마늘을 까기 시작하면 엄마는 이런 저런 집안일을 시작했고, 나는 얼떨결에 마늘 책임자가 되었다. 고사리손으로 마늘을 까는 일은 시원치 않았다. 작은 손톱 사이로 마늘 진액이 끈끈하게 채워지면서 그 시간은 쓰라림으로 계속되었다.

마침내 마늘을 모두 깐 다음 내게 남는 것은 씻어도 씻어도 지워지지 않는 마늘 냄새. 샴푸를 듬뿍 짜 머리를 감아도 샤워를 끝내고 로션을 척척 발라도 이 냄새는 사라지지 않고 며칠 내내 몸에 머무는 것만 같았다. 그 지독한 냄새가 어린 시절에는 유독 크게 다가왔다. 내가 하지 않으면 결국 엄마가 할 수밖에 없는 일이라는 걸 알아서인지 불만이 입으로 가득 드러나도 신문지 앞에 바스락거리며 앉을 수밖에 없던 불편한 마음 때문이었을지도 모르겠다.

그 시절에도 분명 간편하게 사용할 수 있도록 마늘이 다양한 용도로 판매되었다. 그런데도 왜 마늘 껍질을 하나하나 까고 용도에 맞게 절구와 방망이로 빻거나 칼로 썰었는지 그때는 이해할 수 없었다. 지금은 그 이유를 안다. 물론 시간 절약과 편의성을 위해서 맞춤 용도로 판매되고 있는 마늘을 사는 것도 좋지만, 껍질에 쌓여 있는 통마늘을 사서 용도에 맞게 사용하는 게 비교할 수 없을 만큼 맛과 향이 좋기 때문이다.

그 마늘 하나로 요리 자체가 달라진다. 마늘이 마늘 냄새이고 마늘이 마늘 맛이지만, 어떤 형태의 마늘을 사용했느냐에 따라 요리의 맛이 달라지는 걸 경험한 후로 마늘에 대한 나의 사고방식 자체가 바뀌었다. 이는 비단 마늘에만 한정되는 것은 아니다. 비슷한 방식으로 만든 같은 음식을 판매해도 식당마다 맛이 다른 이유는 식재료의 시작에서 찾을 수 있다. 그중 하나가 마늘의 형태다. 어떤 형태의 마늘을 사서 이용하느냐에 따라 맛집과 일반 식당으로 나뉠 수 있는 것이다.

그 차이점까지 알게 된 나는 한동안 요리 수업 때 더욱 좋은 맛과 깊이를 위해서 통마늘로 재료를 준비했다. 회원들에게 마늘 손질부터 사용법과 그 맛의 차이까지 알려주고 싶었다. 그런데 어느 날 한 회원이 통마늘 앞에서 주춤주춤하는 것을 목격했다. 신생아를 키우고 있었던 회원은 아기에게 우유를 먹일 때나 씻길 때나 재울 때 손에서 마늘 냄새가 심하게 나면 아기가 싫어할지도 모른다고 생각한 것이다. 결국 위생 장갑을 받아 들고 열심히 손질하던 모습이 여전히 눈에 아른아른하다.

한국인에게는 마늘 냄새가 난다는 말이 있다. 그만큼 우리가 먹는 기본 밑반찬인 김치부터 많은 반찬류에 마늘이 사용된다. 마늘을 넣고 안 넣고는 차이가 크다. 소금이나 간장 같은 장류의 양념도 맛을 좌우하지만 마늘을 넣음으로써 요리의 완성도가 달라진다. 마늘은 조리법에 따라서도 다른 향과 맛을 낸다. 기름에 마늘을 넣고 착착 볶아내는 풍미와 지글지글 튀겨내는 풍미는 확연히 다르다. 또 보글보글 끓일 때, 자글자글 졸일 때, 푸욱 절일 때마다 달라지는 마늘을 발견할 수 있다.

통마늘을 끓는 물에 그냥 넣는다고 생각하면 맛있겠다는 상상이 잘 되지 않는다. 하지만 마늘을 지글지글 굽는다고 생각하면 벌써 군침이 돌기 시작한다. 고기를 구울 때 빠지지 않는 마늘, 특히 스테이크에 곁들이는 껍질째 구운 통마늘은 극강의 고소함을 자랑한다. 참 고급스러운 맛이랄까.

잘게 다진 마늘은 새빨간 양념으로 이루어진 음식에 빠

초록
식
탁

질 수 없는 재료다. 마늘이 그득하게 들어 있는 낙지볶음이나 골뱅이무침을 먹으면 입안에서 마늘이 강력하게 제 향을 풍긴다. 다음 날까지도 내가 어제 마늘을 먹었다는 사실을 잊어버릴 수 없게 그 여운이 상당히 길다.

요리 방송 프로그램이 많아지고 여기에 혼밥, 자취생 요리 등의 키워드가 등장하면서 간단한 재료로 간편하게 만들 수 있는 그럴싸한 단품 요리가 많이 소개되었다. 이들 요리에도 마늘은 빠질 수 없다. 나 역시 마늘을 이용해서 손쉽게 만들 수 있는 오일 파스타, 감바스, 조개찜 레시피를 소개했다. 슬라이스 마늘이 잔뜩 들어간 알리오 올리오 파스타와 감바스 알 아히요가 유행하면서부터는 확실히 마늘의 소비가 더 늘어난 것 같다.

쉽고 맛있는 이들 요리는 호불호가 없다. 연령층에 상관없이 누구나 좋아하는 마늘 요리를 할 때 나의 팁이라면 슬라이스 마늘만 넣는 게 아니라 다진 마늘을 함께 넣는 것이다. 단순히 같은 마늘을 또 추가한다고 생각하면 큰 오산이다. 슬라이스 마늘과 다진 마늘을 다른 존재라고 생각해야 한다.

이 둘을 함께하면 풍미는 플러스가 아니라 곱셈이 된다.

처음에는 예열된 오일에 슬라이스 마늘만 넣고 튀기듯이 가만히 둔다. 휘휘 저어대면 기름에 삶아지는 희멀건 느낌이 되기 때문에 꼭 가만히 두어야 갈색빛의 향기 좋은 마늘 튀김이 된다. 그리고 재료들을 넣고 볶다가 뒤늦게 다진 마늘을 넣는다. 다진 마늘을 처음부터 넣으면 입자감이 작고 수분이 많아 잘 타기도 하고 향긋함보다 기름에 쩐 느낌이 되기 쉽다.

슬라이스 마늘에 다진 마늘까지 더해진 한 그릇 요리가 식탁 위에 올려질 때 나는 이 냄새를 단순히 마늘 냄새라고 하고 싶지 않다. 나에게는 마늘 향기다. 마치 마늘 향수를 뿌린 듯 내 몸으로 그 고소한 향기가 내려앉는다. 공중에 향수를 뿌리고 가볍게 한 바퀴 휘 도는 것처럼 식탁 앞에 사뿐하게 앉아 마늘 향기를 오감으로 느껴본다. 바야흐로 내 몸에서 진짜 마늘 향기가 나는 것 같다.

내 아이를 키운 채소 밥

어느새 길쭉한 채소처럼
팔다리가 길어진 아이의 모습을 보면서
나는 또 다른 채소 밥을 고민하고 있다.

● 　　　아이를 낳기 전까지는 아이에게 매끼 영양 있는
밥과 반찬, 국을 해줘야겠다는 다짐을 했었다. 예쁘고 아기
자기하게 식단을 꾸려 인증 사진도 많이 남겨야겠다는 의지
에 차 있었다. 특히나 내 직업이 요리연구가인 만큼 수월할
줄 알았다. 하지만 현실은 달랐다. 육아와 살림을 병행하며
남편까지 챙겨야 하는 현실에서 나의 다짐과 의지는 어느새
사라졌다. 다른 일은 아무것도 안 하고 주방장처럼 요리만
담당한다면 가능한 일일 수도 있겠지만, 육아를 혼자 떠맡은
나로서는 도저히 불가능한 일이었다.

　　매번 아이 밥을 다른 식단으로, 그것도 플레이팅까지 예
쁘게 한 다음 사진을 찍어 SNS에 올리는 엄마들이 있다. 그

사진들을 구경하면서 '정말 이게 가능해? 난 왜 못하는 거야?' 하고 놀라움 반 자책 반을 하게 된다. 그러다 나도 해볼까 하는 도전 의식이 슬그머니 생기는데, 여러 스트레스를 생각하자 그럴 마음이 이내 폭삭 삭아버린다. 남들에게 보여주기 위해 움직이는 것이 소모적이고 또 지금의 상황에서는 나 자신을 혹사하는 일이기 때문이다. 또 요리를 한답시고 분주하게 움직이는 동안에 아이가 방치될 수도 있다. 더불어 요리에는 늘 식재료 관리가 따라붙는데, 이 노동 역시 무시하지 못한다.

매일 새로운 국과 반찬에, 아이가 잘 먹는 음식과 남편이 좋아하는 음식을 각각 생각해서 한 끼 식사를 준비하는 것은 골치가 아픈 일이다. 끼니 시간이 다가올 때마다 스트레스를 받을 것 같았다. 그렇다고 매일 밖에서 음식을 사 먹을 수도 없는 일이었다. 무엇보다 음식을 만드는 데 심지어 내가 사랑하는 아이에게 음식을 먹이는 행위에서 스트레스를 받고 싶지 않았다. 그래서 내가 생각한 게 예쁘게 차린 밥상보다는 영양을 듬뿍 채운 밥 그리고 간단한 반찬과 국이다. 다른 누구도 의식하지 않고 나의 일상 리듬에 맞게 그때그때 가능한 최선을 다하는 방식으로 말이다.

그 와중에 나는 '자기 주도 식습관'이라는 획기적인 방식을 알게 되었다. 엄마가 아이에게 음식을 일일이 먹여주는 게 아니고, 식판에 이것저것 음식을 두고 아이가 스스로 골고루 집어먹을 수 있게 식습관을 형성하는 것이다. 듣기에는 간편하고 좋은 이 방식을 나 역시 시도해 보지 않은 것은 아니다. 하지만 아이의 사정은 집집마다 다르다. 우리 아이는 잘 씹지 못하고 삼키는 게 힘들다 보니 컥컥거리기 일쑤였고 그때마나 나는 가슴 철렁하기를 반복했다.

뭐든 좋은 의도와 좋은 방식보다 나에게 맞는, 내 아이에게 맞는 방법이 최선이란 것을 그때 알았다. 그제서야 나는 남들이 하는 방법이 정답인 것 같아서, 나만 뒤처지는 것 같아서 등의 감정을 모두 배제할 수 있었다. 그리고 요리연구가 세포를 되살려서 연구를 하기 시작했다. 내 아이에게 좋을 내 아이만의 레시피를. 물론 간편하게 조리할 수 있어야 한다는 큰 전제 안에서 말이다.

나만의 방식으로 선택한 것은 바로 채소 밥이다. 채소

를 골고루 먹이고 싶은 의지는 항상 있었다. 여러 종류의 채소를 아이 몸속에 채워주고 싶었다. 밥은 기본적인 주식이니 이왕 먹는 밥에 영양을 알차게 꾹꾹 눌러 담아내면 좋을 것 같았다. 무엇보다 다른 반찬의 가짓수를 줄이더라도 양적 측면이나 질적 측면 모두에서 아쉽지 않게 하기 위함이었다.

아이들에게는 언제나 채소를 먹이기가 쉽지 않다. 달고 짠 자극적인 맛이 아니기 때문에 아이들의 입맛을 쉽게 사로잡지 못한다. 식감이나 향에 민감한 아이에게는 더욱 채소를 먹이기가 쉽지 않다. 하지만 채소 밥은 이 모든 난관을 헤쳐 나갈 수 있게 한다.

먼저, 밥물은 미리 만들어둔 채수나 육수, 해수를 이용한다. 그래야 영양도 더하고 감칠맛도 더해진다. 마치 국을 맛있게 끓이기 위해 육수를 내는 과정이라고 생각하면 쉽다. 이처럼 밥물의 양을 잘 맞춘 쌀 위에 채소를 큼직큼직하게 얹는다. 이용할 수 있는 채소로는 우리가 흔히 생각할 수 있는 고구마, 무, 버섯, 단호박, 옥수수, 감자부터 이런 것도 밥으로 만들 수 있나 하는 생각이 드는 양파, 시금치, 당근까지 다양하다. 그때그때 냉장고에 있는 채소를 이용하거나 미리 밥 짓는 용도로 썰어 냉동실에 보관해 둔 채소를 꺼내 쓰면 된다.

이용하는 밥솥도 가려 쓰면 좋은데 전기밥솥이 아닌 압력솥으로 밥을 하거나 일명 냄비 밥으로 밥을 지어야 향과 영양 면에서 훨씬 좋다. 밥이 완성되면 무른 재료들은 밥과 함께 자연스레 뭉개지며 섞인다. 형체가 남아 있는 재료들은 가위로 잘게잘게 잘라 밥과 섞이게 한다.

한번 밥을 할 때 2~3일 정도 먹을 수 있는 양으로 해서 소분한 다음 용기에 담아 냉동 보관하면 필요할 때마다 꺼내 먹을 수 있다. 이렇게 밥만이라도 채소의 영양을 갖추고 있으면 따로 채소 반찬에 얽매이지 않아도 된다. 밥만 먹여도 풍족한 기분이 들고 또 준비할 때 힘들이지 않으면서 손쉽게 영양을 골고루 채운 밥을 아이에게 먹였다는 생각에 뿌듯해진다. 나와 남편 역시 아이와 함께 채소 밥을 먹으면서 영양을 같이 챙길 수 있는 것은 덤이다.

이 채소 밥을 먹여서인지 딸아이가 어디 하나 크게 아프지 않고 튼튼하게 자라주는 것 같다. 알게 모르게 작용하는 채소의 힘이라고 생각한다. 채소 밥을 거듭 지어나가면서 아이의 식생활에 대한 신념 역시 확고해졌다. 아이의 식습관이 먼저가 아니라 아이가 잘 자랄 수 있도록 영양을 채워주는 게 중요하고 그러면서 식습관을 길러가도록 하는 것이다.

지금까지는 어느 정도 잘해나가고 있다고 생각하는데, 언제나 육아에는 반전이 따른다. 채소 밥으로 커온 아이가 파와 양파, 당근을 빼달라고 자기주장을 하기 시작한 것이다. 이제 또 다른 숙제가 생겼다. 어느새 길쭉한 채소처럼 팔다리가 길어진 아이의 모습을 보면서 나는 또 다른 채소 밥을 고민하고 있다.

챙겨주고 싶은 꽈리고추

꽈리고추야, 날개를 달고 훨훨 날게 해줄게.

● 　　고추 하면 대표적으로 풋고추, 청양고추, 홍고추, 오이고추, 아삭이고추, 가지고추 등을 떠올리지만 꽈리고추도 있다. 꽈리고추라고 하면 모르는 사람이 없이 다 아는데 다른 고추들은 생식으로 쌈 채소와 함께 먹는 것이 익숙하다면 꽈리고추는 보통 조리용이라고만 생각한다.

　　그래도 요새는 꽈리고추의 활용도가 높아진 것 같다. 다양한 음식점에서 꽈리고추가 여러 형태로 발견되는데 한 고깃집에서는 구워 먹을 수 있게 나온다. 고구마, 감자, 단호박은 기본이고 마늘쫑, 쪽파, 아스파라거스까지 본 적은 있는데 꽈리고추를 고기와 함께 구워 먹는 방식은 처음이었다. 꽈리고추를 구우면 향이 확 달라진다. 꽈리고추 본연의 향이 배가 된다.

　이런 꽈리고추를 생으로 먹어서는 안 된다고 생각하는 사람이 있다. 하지만 꽈리고추도 고추다. 생으로 쌈장이나 고추장, 된장에 찍어 먹으면 다른 고추처럼 향긋한 채소의 역할을 톡톡히 한다. 더욱 향을 좋게 하기 위해서는 가볍게 구워서 먹는 게 좋은데, 식감이 흐물흐물하게 졸이는 게 아니라 겉면을 살짝 그을린 느낌만 나게 구워야 맛있다.

　보통 일식 요리에서 도미조림이나 꼬치구이 속의 꽈리고추를 기억하고, 한식에서는 꽈리고추 멸치 볶음이나 찹쌀가루에 묻혀 찐 꽈리고추무침을 많이 떠올릴 것이다. 꽈리고추가 생선의 향과 잘 어울리는 채소인지라 생선과 함께하는 모습이 많다. 나는 엄마가 해주는 간장 양념에 볶은 꽈리고추 멸치 볶음을 너무 좋아해서 고슬고슬한 밥에 한 움큼 올려 쓱싹쓱싹 비벼 먹는다. 이 반찬은 일본 유학 시절에 간절하게 먹고 싶었던 반찬 중에 하나이기도 하다. 엄마에게 졸라 꽈리고추 멸치 볶음이 일본까지 비행기를 타고 건너오기도 했는데, 바다를 건너와서인지 냉장 보관을 해도 금방 쉬어버려 아쉬웠다.

지금은 꽈리고추구이를 제일 좋아한다. 나이를 먹어서
인지 채소를 더욱 좋아하게 되어서인지 모르겠지만 채소가
과하게 조리되거나 양념이 가미된 음식을 별로 좋아하지 않
고, 채소 자체의 맛이 잘 우러나서 담백하게 느낄 수 있는 음
식이 좋다. 무엇보다 숨이 죽어 흐물해진 꽈리고추의 맛과
아삭함이 남아 있는 꽈리고추의 맛에는 상당한 차이가 있다.
그래서 내가 제일 좋아하는 방식 역시 고기를 구울 때 곁들
여 구워 먹는 방식이다.

반찬을 하기 위해 꽈리고추를 한 봉 사오면 항상 남는다.
남은 꽈리고추는 이내 꼭지 부분이 거뭇하게 되고 아랫부분
은 짓무르면서 속 씨는 검게 변한다. 꽈리고추는 보관이 오
래되지 않는다. 그래서 사용하지 않고 방치하면 버리기 일쑤
라 꽈리고추를 산 순간부터는 알차게 끝까지 잘 사용해야 미
션 완료다. 반찬으로 먹는 것보다 고기를 구우면서 함께 구
워 먹을 때 꽈리고추를 훨씬 많이 먹을 수 있다. 그때는 꽈리
고추가 순식간에 없어진다. 신선한 걸 바로 구워 먹으니 더
건강하게 섭취하는 방법이기도 하다.

손님 초대 요리로는 꽈리고추 꼬치구이를 좋아한다. 꽈리고추, 파프리카, 새송이버섯, 소시지를 비슷한 크기로 구워낸 후 꼬지에 꽂는다. 꼬지에 꽂은 다음 팬에서 구우려면 골고루 굽기가 힘들다. 그래서 머리를 쓴 게 구운 다음 꼬지에 꽂는 것이다. 어쨌든 완성은 꼬치구이다.

꽈리고추를 다져 볶음밥에 넣어도 좋고 국이나 찌개에 넣어도 잘 어울린다. 항상 청양고추나 풋고추만이 볶음 요리나 끓이는 요리에 들어가는 게 아니다. 꽈리고추도 비타민이 풍부한 고추라는 사실을 잊지 말자. 다른 고추가 할 수 있는 일을 꽈리고추 역시 할 수 있다. 꽈리고추 장아찌나 피클도 매력적이다. 꽈리고추 피클은 다른 피클보다 더욱 향긋하고 고추의 매운 기가 느끼함을 잡아주어 소화를 돕는다.

버터에 구워 먹는 풍미도 좋아서 꽈리고추를 버터에 굽고 치즈 가루, 허브 가루, 소금, 후추를 뿌리면 괜찮은 사이드 메뉴가 된다. 그 위에 모짜렐라 치즈까지 얹어주면 더 맛있는 꽈리고추 치즈 구이 완성. 이제 꽈리고추에게도 좀 더 눈길을 주자. 꽈리고추의 활약성이 널리 퍼질 수 있도록 우리가 도와주면 된다. 꽈리고추야, 날개를 달고 훨훨 날게 해줄게.

초록
식
탁

아낌없이 주는 표고버섯

표고버섯 밑동은

장어 꼬리, 김밥 꼬다리, 순대 꽁지와 비슷하다.

당연히 버리지 않고 다 먹을 수 있는 것이다.

● 　　　내가 표고버섯을 제일 많이 접했을 시기가 요리
학원 강사로 활동하던 때다. 조리사 자격증 시험 메뉴에 많
이 쓰이는 재료 중 하나가 표고버섯이라서 수업 전에 항상
건표고를 불려놓았다. 매 수업마다 표고의 촉감을 느끼고 향
을 맡아서인지 지금도 그 시절의 표고 향기가 생생하다. 표
고버섯은 버섯 종류 중에서도 향이 강한 편이고 말린 표고의
향은 더욱 진하다. 어떤 사람들은 쿰쿰한 향이라고 표현할
정도다.

　　나는 버섯 종류는 다 좋아하는데, 특히 표고버섯을 좋아
한다. 표고 특유의 향과 맛은 간을 덜해도 감칠맛이 있다. 사
용할 수 있는 범위도 넓고 말려서도 사용하기 좋으며 냉동

보관해도 오래 사용할 수 있다. 특히 말린 표고는 감칠맛이 깊어져서 물에 불려서 사용하는 것을 추천한다. 설탕물에 불리면 훨씬 맛있게 불어지는데 뜨거운 물보다는 따뜻한 물이나 미지근한 물에 불려야 식감과 향이 더 좋다.

표고버섯을 불린 갈색빛 물은 버리지 말고 밥 지을 때 넣거나 육수용으로 활용하기에 좋다. 또는 끓여서 물처럼 마시면 버섯의 영양을 그대로 먹는 셈이다. 불린 버섯은 손으로 꾸욱 짜주면 되는데, 물먹은 스펀지를 짜낼 때와 같이 물이 한참 나온다. 그렇게 수분을 제거하고 사용해야 요리가 맛깔나게 완성된다. 뭐든 요리에 사용되는 재료에서는 수분 제거가 중요하다.

표고버섯무침을 할 때 버섯을 데친 다음 바로 무치면 버섯에서 수분이 줄줄 나와 식감이 별로다. 슬라이스한 표고버섯을 마른 팬에 구워 수분을 빼준 다음 양념에 조물조물 무쳐야 맛깔나고 쫀득한 표고버섯무침이 완성된다. 표고버섯은 스펀지와도 비슷해서 간장에 조리거나 볶을 때 간을 짜게 하면 표고버섯이 짠맛을 흡수해서 버섯 자체를 씹을수록 더욱 짜게 느껴지기도 한다.

보통 표고버섯을 사용할 때 밑동을 제거하고 버리거나, 모아놓고 냉동 보관하면서 육수용으로 사용하는 사람이 많다. 우리 엄마도 그렇고 아마도 아까워서 그럴 것이다. 하지만 표고버섯 밑동은 영양소도 알차게 있지만 활용해서 먹기에도 충분히 맛있는 부위다. 이런 부위로는 장어 꼬리, 김밥 꼬다리, 생선회 지느러미, 순대 꽁지, 빙어 머리 등이 있다. 당연히 버리지 않고 다 먹을 수 있는 것이다.

표고버섯뿐만 아니라 대표적으로 양송이버섯 역시 밑동이 참 쓸 만하다. 활용할 방법을 몰라 그렇지 방법만 알면 밑동을 사용하기 위해 버섯을 사는 일도 생긴다. 표고버섯 밑동은 잘게 썰어도 되고 손으로 찢어도 된다. 손으로 잘게 찢으면 하얀 속살이 드러나는데 마치 삶은 닭가슴살을 찢어내는 느낌이다.

버섯은 꼭 칼이나 가위로 자르는 게 아니다. 손으로 해도 다 찢어지고 잘라진다. 손으로 절단하는 편이 영양이나 향, 식감에서 훨씬 낫다. 손으로 찢은 버섯의 밑동을 기름소금장에 찍어 먹으면 닭가슴살을 먹는 거처럼 고소하고 쫀득한 고기 식감을 느낄 수 있다. 표고버섯 밑동은 볶음, 조림, 장아찌

등 어디에나 넣어도 쫀득한 식감을 자랑하는 식재료다. 쉽게 생각해서, 표고버섯 몸통을 넣을 수 있는 곳이라면 모두 밑동도 넣을 수 있다.

　버섯 특유의 향 때문에 버섯을 싫어하는 사람이 주변에 꼭 한두 명은 있다. 이들에게 향이 진한 표고버섯은 더욱 기피 대상이다. 내 주변에서 버섯 기피자는 바로 남편이다. 참신기한 것이 그가 한때는 표고버섯 재배 일을 했는데도 싫어한다는 점이다. 지금은 멸치 관련 사업을 하는데 멸치 역시 그닥 좋아하지 않아 잘 먹지 않는다. 일로 계속 만나와서 직장 밖에서는 쳐다보고 싶지 않은 마음일까.
　아무튼 언젠가 가족들에게 먹이기 위해 특별히 가격대가 높은 생표고버섯을 구입해 갈비탕을 만들어냈는데 남편이 유난스럽게 싫어하는 모습을 목격한 다음부터는 표고버섯이 남편 요리의 제외 식재료 목록에 올라와 있다. 내가 오이를 노력해도 가까이 두지 못하는 것과 비슷하기에 상대의 음식 취향은 언제나 존중이다.
　버섯을 좋아하지는 않지만 먹을 수밖에 없는 사람도 있

는데 고기를 먹지 않는 사람이 그렇다. 표고버섯은 버섯 가운데서도 고기 대체용으로 좋다. 건표고를 불려 사용하면 살아나는 버섯의 쫀득함이 고기 식감과 비슷해서 많은 채식 식단에서 고기 대체용으로 사용된다. 영양 면에서도 고기를 닮아 단백질이 많기도 하다.

그닥 좋아하지 않지만 버섯으로 고기 대체를 하는 사람을 위해 버섯 향은 덜 나지만 식감의 쫀득함은 살릴 수 있는 요리가 있다. 불린 건표고의 물기를 짜서 2등분이나 3등분으로 썬 다음 감자 전분 가루에 묻혀 가볍게 털고 예열된 기름에서 바싹 튀겨준다. 이때 위생 봉지 안에 전분 가루와 버섯을 함께 넣고 흔들어 섞으면 훨씬 수월하다.

튀긴 후 소금 또는 간장을 찍어 먹거나 샐러드 위에 얹어 드레싱을 곁들여 먹으면 고소하고 쫄깃 바삭하게 즐길 수 있다. 기름에 튀기는 게 부담스러우면 팬에 기름을 적게 두르고 굽는 방식도 좋은데, 여기에 칠리소스를 끓여 버무려주면 버섯 강정이 완성된다. 튀기거나 볶은 표고는 땅콩 향과도 잘 어울려 땅콩 소스나 땅콩 가루까지 뿌려주면 금상첨화다.

콜라비가 깊어지는 사이에

콜라비의 매력을 하나하나 발견하고 찾아가고 배워가며
콜라비와 더욱 깊은 사이가 된다.
마치 새로운 사람과 어색함으로 시작해서
아주 편해지는 진한 사이가 되는 과정처럼
한 채소의 면면을 발견해 가며 사귐의 재미를 느낀다.

● 　　　몇 년 전, 마트에서 동그랗고 보라색을 띠며 무같
이 생긴 채소를 발견했다. 그 이름은 콜라비. 독일어로, 양배
추와 순무를 합성한 이름인데 실제로도 양배추와 순무를 교
배해서 만들어낸 채소다. 겉모양은 적양배추처럼 생겼는데,
겉이 보라색이라 속도 보라색인 줄 알지만 속살은 무처럼 하
얀색을 띤다. 그런데 또 맛은 양배추처럼 달달한 맛이 난다.
그래서 콜라비는 순무 양배추라고 불리기도 한다. 채소를 여
러 가지 모양으로 만들어내고 여러 가지 맛과 식감을 느끼게
재배하는 기술은 참으로 대단한 것 같다.

　　　양배추는 비타민U가 풍부해 위장에 좋다고 알려져 있
는데, 콜라비도 마찬가지다. 오히려 양배추보다 훨씬 단단

한 만큼 비타민C를 포함해 영양소가 더 풍부하다. 맛과 향 그리고 식감은 양배추 심지와 비슷하다. 무와도 비슷한 맛인데 무보다는 수분이 좀 덜한 느낌이면서 생고구마를 먹을 때의 달달한 맛을 느낄 수 있다.

처음 만난 콜라비는 나에게 굉장히 큰 흥미로움을 불러일으켰다. 마치 이게 무엇에 쓰는 물건인고 하는 궁금증을 유발했다. 동그란 보라색 몸통 위로 작은 잎줄기가 몇 가닥 달린 게 귀여운 만화 캐릭터 같기도 했다. 작고 단단한 몸통에 눈코 입만 붙여주면 딱이었다. 그 귀여운 생김새에 반해 몇 알을 챙겨 집으로 가져와 요리조리 활용 방법을 모색하던 날들이 계속되었다. 그러면서 콜라비도 곧 많은 식탁에서 활약을 하겠구나 하고 예상했는데, 이 예감은 틀리지 않았다. 어느 순간 인기를 타더니 건강을 꽤나 챙기는 사람들이 콜라비를 다양하게 즐기고 있다.

콜라비의 껍질은 버리는 게 아니다. 보라색 껍질에는 영양 성분이 가득하고, 특히 이 껍질은 다른 채소의 벗겨 먹는 껍질 같은 느낌이 나지 않고 매끄러워서 함께 먹기 좋다. 이처럼 속과 겉 그리고 줄기와 잎 모두 먹을 수 있는 채소는 잘 만 활용하면 알차게 쓰일 수 있다. 그 쓰임새를 위해 나는 다양한 시도를 했다. 이렇게 먹으면 어떤 맛일지, 저렇게 먹으면 어떤 식감이 입에서 느껴질지 그야말로 뜯고 씹고 맛보고의 반복이었다.

그 과정에서 내가 반한 콜라비는, 너무 뻔한 답이어서 민망하기는 하지만, 생콜라비다. 생으로 깨끗하게 세척한 다음 숭덩숭덩 썰어 아사삭 오도독 씹어 먹는 콜라비는 그 자체로 정말 맛있었다. 생과일을 먹는 느낌인데 새콤함은 없고 달달함만 있어 속이 더 편해지는 느낌이었다. 무엇보다 아사삭아사삭 씹을수록 스트레스가 풀리는 느낌이었다. 피곤해서 달달한 초콜릿이 생각날 때 콜라비로 대리 충족이 될 만했다.

여전히 콜라비를 생소하게 생각하고 어떻게 먹어야 할지 고민이라면 그냥 생으로 한번 먹어보라. 생으로 먹는 게 최고 간단하면서 가장 맛있게 먹을 수 있는 방법이기도 하고 소화제 역할을 해서 밤에 먹어도 무리가 없다. 속이 잘 쓰리거나 약한 분들도 거부감 없이 먹을 수 있고 밤에 출출할 때 슬라이스한 콜라비를 먹으면 포만감도 있다. 무엇보다 칼로리가 낮아서 살찔 걱정도 안 할 수 있어서 좋다.

생콜라비의 매력을 충분히 즐겼다면 콜라비 활용 능력을 더 발전시킬 준비가 된 것이다. 비슷한 식감이나 모양을 가진 채소들은 서로 대체용으로 요리에 적용해도 충분히 어울린다. 예를 들어 깍두기에 들어가는 무 대신 콜라비나 감으로 대체하는 식이다. 콜라비는 잘 무르는 성질이 아니기 때문에 조림에 넣어도 잘 어울린다. 생선조림에 무를 넣는 대신 콜라비로 대체하고, 찌개에도 넣어 푹 끓이고, 찜닭이나 제육볶음에도 넣어서 활용하면 저녁 메뉴의 수준이 높아질 것이다.

한번은 콜라비로 장아찌를 만들어서 가족들 저녁 반찬으로 내놓았다. 끊임없이 콜라비를 집어먹는 남편에게 이게 뭔지 알고 먹는 거냐고 물었더니 남편은 너무 당연하게도 무 아니냐며 의아해했다. 무가 아니라 콜라비라고 말하자 돌아온 남편의 엉뚱한 대답은 '콜라?'. 귀여운 대답에 웃음 짓는 동시에 내 어깨에는 뿌듯함이 내려앉았다. 어쨌든 남편은 내 덕분에 새로운 한 채소의 세계를 알게 된 것이다.

어느 날 저녁에는 집으로 지인들을 초대해서 콜라비 전
골을 선보였다. 콜라비를 반달썰기 한 다음 보라색 껍질이
위로 보이게 담고 버섯, 당근도 큼직하게 담는다. 여기에 고
기 한 종까지 전골냄비에 예쁘게 담아내면 화려한 색감의 밀
푀유 나베 완성. 보랏빛의 콜라비, 당근의 주황빛, 대파의 초
록빛의 화려함이 눈을 사로잡는다. 비주얼부터 관심을 끌 수
있는 손님맞이 음식이다.

콜라비를 여느 채소처럼 구워 먹을 수도 있다. 콜라비를
얇게 슬라이스해서 밀가루와 달걀 물을 묻힌 다음 구워내면
담백하고 부담 없는 콜라비전이 완성된다. 여기서 전과 부침
개를 쉽게 구분해 보자면, 주재료 자체를 지져낸 것을 전이
라고 하고, 기본 반죽에 여러 재료를 가미해 지져낸 것을 부
침개라고 한다. 물론 콜라비를 채 썰어 부침개 재료로 활용
해도 만점이다.

구운 콜라비를 활용해 간단하게 그럴싸한 음식으로 만
들 수도 있다. 2~3센티미터 두께로 썰어 구워낸 후 크림소스
에 버무려내면 콜라비의 달콤함과 크림의 고소한 맛이 잘 어
우러진 고급스러운 메뉴가 된다. 무엇보다 콜라비는 유지방

과 함께하면 칼슘 흡수율을 높일 수 있기에 이 메뉴는 아이들 영양식으로도 좋다. 이것만 먹기가 자칫 느끼할 수도 있으니 콜라비의 귀여운 줄기들을 샐러드 채소나 겉절이로 활용해 함께 먹으면 식감 면에서도 훌륭하고 콜라비 한 알을 온전하게 맛볼 수 있다.

여기까지, 콜라비를 다양하게 즐겨본 사람이라면 콜라비 고수들이 애용하는 콜라비 차까지 도전해 보자. 콜라비를 물에 끓여서 마시면 위장이 편해지고 숙면에 도움이 된다. 함께 끓이는 게 번거롭다면 콜라비 한 쪽을 컵에 넣고 뜨거운 물을 부어주기만 해도 충분하다. 물을 붓고 조금의 시간이 흐르면 콜라비 향이 은근하게 퍼진다. 그 맛은 강판에 간 무를 물에 희석한 맛이라고 해야 할지, 무말랭이를 물에 불릴 때 나는 향이라 해야 할지 모르겠다. 달달한 무의 상쾌함이 스쳐 지나가는 듯하면서도 '없을무'의 무처럼 큰 맛을 느끼지 못할 수도 있다. 그만큼 누구에게도 부담스럽지 않은 차다.

이렇게 콜라비의 매력을 하나하나 발견하고 찾아가고

배워가며 콜라비와 더욱 깊은 사이가 된다. 마치 새로운 사람과 어색함으로 시작해서 아주 편해지는 진한 사이가 되는 과정처럼 한 채소의 면면을 발견해 가며 사귐의 재미를 느낀다. 콜라비 다음으로 이번에는 어떤 채소를 사귀어볼지 생각 중이다.

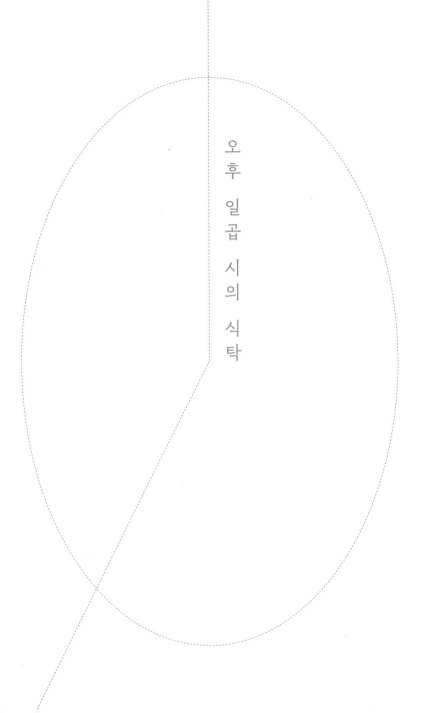

오후 일곱 시의 식탁

이제 그만 주인공이 되고 싶은 채소구이

식탁의 주인공으로,

채소들이 가능한 한 온전한 모습 그대로

식탁 한가운데에 자리를 차지하고 있는 모습은

보기만 해도 마음을 부풀게 한다.

●   채소를 활용한 레시피는 다양하다. 잘게 다져서 볶음밥에 넣기도 하고, 깍둑 썰어서 카레라이스에 넣기도 하고, 찌개나 국에 넣기도 한다. 찜, 조림, 튀김, 절임, 샐러드 등 끝도 없이 활용되는 채소다. 그러다 보니 냉장고에는 채소 자투리가 항상 남아 있기 마련이다. 여기에 일부 쓰고 저기에 일부 쓴 다음 남겨두었다가 시들어가면 버리거나 썰어서 냉동실행이다.

그러니깐 우리 일상에서 채소는 대부분 드라마 속의 주인공 옆에 있는 친구 같은 존재로 이용되어 왔다. 채소를 요리의 주재료가 아닌 보조 형태로 단순히 색감이나 식감을 위해 사용하는 경우가 많다. 채소가 맛을 좌우하는 큰 영향력이 있는 건 아니지만 그래도 왠지 넣어야 할 것 같아서 넣는 경우도 많다. 대표적으로 카레가 그렇다. 마트에서는 카레 재료라는 품명을 붙여 당근, 양파, 감자를 친절하게 다 썰어서 적당한 양만큼 팔기도 한다.

하지만 불고기나 제육볶음처럼 열심히 볶아도, 찜닭이나 닭볶음탕처럼 열심히 끓여도 부재료로 넣은 채소는 언제나 식사가 끝나고 남겨진 그릇에서 한 귀퉁이를 차지하고 있다. 가끔은 오히려 먹지 않고 쉽게 건져내기 위해 채소를 큼직하게 썰어 넣기도 한다. 이럴 때면 참 씁쓸하다. 채소의 소명을 다하지 못한 것만 같은 느낌이다.

채소를 편식하거나 의식적으로 잘 먹지 않는 사람들에게 권하는 방법이 있다. 바로 채소를 구워 먹는 방법이다. 우리가 채소를 잘 구워 먹는 시간이 있다. 바비큐를 먹을 때다. 고기 파티를 할 때는 고구마나 감자, 단호박, 양파, 새송이버섯, 양송이버섯, 팽이버섯 등과 더 나아가서는 미나리, 꽈리고추, 마늘종, 애호박, 파프리카, 가지도 구워 먹는다. 이렇게 먹으면 평소보다 야채를 더 많이 섭취하는 것 같다.

이때도 주인공은 야채가 아니다. 고기 두세 점 먹을 때 야채 하나 먹는 식으로 여전히 감초 같은 역할이다. 그러나 야채는 고기와 함께 먹어야만 맛있는 게 아니다. 채소 단독으로 구워 먹어도 정말 맛있다. 채소 자체의 단맛과 짠맛은 구워냈을 때 배가 되어 따로 소스를 찍지 않아도 채소 각각의 매력을 느끼며 먹을 수 있다. 색감, 식감, 맛 모든 게 종류마다 차이가 있고 그래서 종류별로 먹는 재미가 있다.

그냥 생채소를 먹으라고 하면 별맛도 느껴지지 않고 오히려 풋내가 나서 먹기 힘들 수도 있지만 구운 채소는 대상을 가리지 않고 환영받는다. 채소는 구웠을 때 그 진가를 발휘한다. 육수를 낼 때도 물에 바로 채소를 퐁당 넣어서 끓이기보다는 마른 팬에 구워서 향을 내준 다음 함께 끓여주면 수준이 다른 맛이 난다.

단순하게 채소를 구워내면 다들 처음에는 이게 맛있냐며 뜨뜻미지근한 반응을 보이는데 이내 채소를 향하는 손길을 멈추지 못하는 모습을 보인다. 애호박, 가지, 당근, 연근, 마와 같은 형태의 둥글고 긴 채소는 소시지를 썬다는 생각으로 얇게 슬라이스해서 구운 다음 접시에 담아만 놓아도 예쁨을 풍기는 모습이다. 손도 안 대고 냉장고에만 가둬놓은 채소를 빛을 보게 하는 가장 손쉬운 조리 방법이며, 채소를 맛있고 건강하게 먹을 수 있는 제일 좋은 방법이 채소구이인 것이다.

콩나물과 숙주도 꼭 무쳐 먹지만 말고 구워서 먹어보자. 아삭하고 다른 매력을 느낄 수 있다. 이때 주의할 점은 볶는 것과 굽는 것은 다르다는 것이다. 볶는 것은 재료를 휘휘 저어가며 열기를 날리는 방식이다. 재료에 수분감이 더 생기면서, 굽기만 할 때의 풍미와는 다른 맛을 낸다.

굽는 건 단순하게 재료를 팬에 펼쳐놓고 진득하게 기다리는 것이다. 처음부터 기름을 두를 필요도 없다. 채소 자체의 수분이 있어서 기름이 없다고 금방 눌어붙거나 타지 않는다. 무엇보다 처음부터 기름을 넣고 구우면 익어가는 과정에서 채소가 기름을 많이 흡수하기 때문에 담백한 채소구이와는 좀 멀어질 수 있다.

내가 채소를 맛있게 굽는 방법은 먼저, 센 불 위에 마른 팬을 놓고 그 위에 채소를 펼친다. 너무 약한 불로 시작하면 수분이 생겨 무르고 식감과 향이 별로다. 처음부터 센 불로 볶다가 윗면에 송골송골 땀 맺히듯 수분감이 올라오면 야채를 뒤집어서 다시 굽는다. 마무리로 기름을 살짝 둘러 소금과 후추 또는 허브 가루 솔솔 뿌려주면 끝.

내가 바라는 그림은 냉장고 속 남은 자투리 채소를 모아 구워낸 채소구이가 아니라 오로지 채소구이를 위해서 원하는 야채들을 종류별로 하나하나 사 모은 다음 한 상 차림으로 구이 요리를 만들어내는 것이다. 식탁의 주인공으로, 채소들이 가능한 한 온전한 모습 그대로 식탁 한가운데에 자리를 차지하고 있는 모습은 보기만 해도 마음을 부풀게 한다.

햄을 구워 밥에 싸 먹듯이 구운 채소로 밥을 감싸 입에 넣었을 때 느껴지는, 신선함과 담백함이 어우러진 자연의 향기. 이 궁합은 먹어본 자만이 알 수 있다. 샐러드 토핑으로 구운 채소를 얹을 수도 있다. 샐러드도 채소이고 토핑도 채소이면 심심할 것 같지만 구운 채소는 생채소와는 완전히 다른 식감과 맛을 내기에 토핑으로도 충분한 역할을 한다. 오로지 채소로만 이루어진 샐러드이기에 드레싱만 잘 어울리는 것으로 선택을 하면 맛 좋은 채소구이 샐러드가 된다. 상큼함과 달달함이 한 스푼 더해진 채소구이 샐러드를 원한다면 방울토마토, 딸기, 복숭아, 바나나, 귤, 아보카도까지 다양한 과일을 구워 함께해 보자. 레몬이나 라임도 구우면 신맛은 줄어들고 단맛이 올라와 먹기에 좋다.

나리나리 미나리 향이 피어오를 때

이름도 예쁜 미나리.

미나리를 많이 먹은 날에는 온몸에서 미나리 향이 피어오른다.

●   내가 좋아하는 채소 순번에서 앞 번호를 달고 있는 미나리. 미나리가 대중적으로 더욱 인기를 끌게 된 계기는 미나리 삼겹살이라고 생각된다. 미나리를 삼겹살과 함께 구워 먹는 방법이 알려지면서 미나리 삼겹살이라는 타이틀로 미나리를 함께 파는 삼겹살집도 생겨나기 시작했다.

미나리 삼겹살로 유명세를 타는 지역은 청도 한재다. 한재 미나리라고 들어본 적이 있는 사람이 많을 것이다. 1980년대부터 미나리를 재배했다는 한재는 화악산 사이의 계곡을 따라 형성된 마을로, 맑고 풍부한 지하 암반수 공급과 배수가 잘되고 햇볕이 충분해 알칼리성 미나리를 재배하는 데 최적의 환경이다. 한재에는 미나리 삼겹살 거리가 있을 정도로 삼겹살과 미나리를 구워 먹는 게 관광 상품이 된 지 오래다.

향긋한 미나리의 향과 살짝 구워내 아삭한 식감이 기름진 삼겹살과 함께할 때, 그 맛의 조합은 가히 중독적이다. 미나리 철만 되면 사람들이 미나리 삼겹살을 찾아다니는 데는 다 이유가 있다. 맛도 맛이지만 영양적으로도 상호 보완이 되니 그야말로 찰떡궁합이다. 지글지글 삼겹살에서 나오는 기름에 향긋하게 구워지는 미나리에 의해 삼겹살 특유의 누린내가 사라지는 마법. 콜레스테롤도 낮춰준다는 심리적 안정감까지 선사해 준다.

내가 미나리의 참 매력에 본격적으로 빠진 계기는 사실 미나리 삼겹살은 아니다. 주꾸미 샤부샤부를 처음 먹었을 때야말로 나는 미나리에 폭 빠졌다. 나는 서울특별시 마포구에서 태어나 결혼하기 전까지는 쭈욱 마포에서 산 마포 토박이다. 마포에는 맛집이 많은데, 그중 뒷골목에 있는 소문난 주꾸미 집은 저녁 시간이 되면 좁은 골목에 사람들이 다닥다닥 붙어 한참이나 줄을 서서 기다릴 정도로 인기 있는 가게다.

봄이 돌아오면, 웨이팅이 많지 않기를 빌며 빠른 걸음으로 가게로 향한다. 봄이 철인 주꾸미를 먹기 위해서다. 바닷가 근처에 살지 않는 한 제철 해산물을 챙겨 먹으려면 직접 발로 뛰어야 한다. 이때 민첩한 움직임은 신선한 해산물을 먹기 위한 필수 조건이다. 결혼 후 지금은 서해 근처에 살고 있는 나는 최근 몇 년 동안 우리나라 해산물을 모두 챙겨 먹은 것 같다. 이제 제철 해산물을 손꼽아 기다리지 않을 만큼 싱싱한 해산물은 늘 내 곁에 있다.

해산물에 아쉬울 것 없는 지금과는 달리 마포에 살던 시절의 나는 제대로 된 해산물을 먹을 기회가 적었다. 또 식당에서 먹으면 비싸고 양도 적고 해서 내 마음을 만족시키지 못했다. 그런 내 마음을 충족해 주는 곳이 바로 소문난 주꾸미 집이었다. '소문난 주꾸미'라는 가게 이름 그대로 입소문을 통해 단골손님이 많은 곳이었다.

이곳의 가장 유명한 메뉴는 산주꾸미 샤부샤부. 모두 봄이 제철인 미나리와 주꾸미를 함께 먹기 가장 좋은 메뉴다. 사실 주꾸미가 주재료가 되는 요리이고, 또 처음에는 이 주꾸미를 먹으러 방문한 곳이었다. 그런데 여기에 들어 있는 미나리에 매료되어 한 바구니에 3천 원이었던 미나리를 몇 바구니나 추가해 먹었는지 모르겠다. 어느새 주객전도되어 미나리 몇 번 집어먹고 주꾸미를 간간이 골라내며 먹었던 시간. 이때 미나리를 얼마나 많이 먹었는지 식사 후에 온몸에서 미나리 향이 피어오르는 것 같았다.

바지락, 무, 청양고추가 끓고 있는 뽀얀 육수에 살아 있는 주꾸미가 퐁당퐁당 들어가고, 여기에 미나리가 한 움큼 들어가면서 맛의 조합이 완성된다. 주꾸미 먹물이라도 터지면 맑은 국물은 금세 거뭇한 국물로 변하는데, 색다른 고소함을 선물한다. 이곳에만 가면 거의 미나리 한 단을 흡입하는 것 같다. 육수에 적셔진 미나리는 숨이 죽으면서 입으로 들어가도 부대낌 없이 개운하기 때문에 계속 먹게 되는 것이다. 물론 주꾸미와의 궁합은 예술이다.

미나리를 엄청나게 많이 먹은 만큼 즉각적으로 미나리의 효능을 몸으로 느낄 수 있다. 바로 해독 효과다. 평소 주량인 소주 한 병을 거뜬하게 넘어서고 소주 세 병을 기록해도 이 가게에서 나는 전혀 취하지 않는다. 미나리와 미나리가 잘 우러난 국물까지 탈탈 털어먹으니 술을 마시는 동시에 해독이 되는 것 같다. 이 가게에서의 경험 이후로 나는 미나리의 해독 효능을 신봉하고 있다.

미나리는 다양한 방식으로 조리할 수 있는데, 그중 무치는 방식으로 만든 미나리나물을 좋아한다. 나물을 할 때는 살짝 데쳐야 하는데, 팔팔 끓는 물에 소금을 약간 넣고 먹기 좋게 썬 미나리를 넣는다. 미나리의 숨이 죽으면 바로 건져내 찬물로 헹구면 거의 완성된 것이나 마찬가지다. 미나리를 데칠 때 기억해야 할 것은 미나리 잎 부분만 먼저 빼내야 한다는 것이다. 처음부터 줄기와 잎을 따로 데치면 수월하다. 미나리 잎을 나물에 꼭 사용해야 하는 것은 아니라서 잎만 떼어두었다가 샐러드 채소로 사용해도 된다. 특히 잎은 여려서 생으로 먹기 좋다.

차갑게 잘 헹궈서 물기를 짠 미나리에 소금 간을 하고 다진 마늘과 참기름이나 들기름을 더하면 되는데, 나는 들기름을 더 선호한다. 여기서 나만의 팁이라면 마늘과 기름을 따로 넣어서 무치는 게 아니고 기름에 마늘을 넣어 섞은 다음이를 미나리에 무치는 것이다. 한 끝 차이지만 미묘하게 맛이 다르다. 따로 넣는 것보다 기름장을 만드는 것처럼 섞은 다음 넣으면 마늘의 알싸한 매운맛은 줄어들면서 들기름과 섞여 마늘의 감칠맛이 더 살아난다. 마늘이 뭉치지 않게 골고루 버무리기에도 좋다. 그렇게 조물조물 무쳐내면 순식간에 먹게 되는 나물 반찬이 완성된다.

미나리나물과 밥, 고추장 그리고 달걀 프라이만 있으면 미나리 비빔밥으로 한 끼를 배부르게 먹을 수 있다. 이때 나는 고추장보다는 간장을 넣어 비벼 먹는 걸 선호한다. 고추장은 자칫 미나리의 향긋함을 가릴 수 있기 때문이다.

미나리는 어울리지 않는 요리가 없을 정도로 뭐든 잘 흡수해서 자기만의 매력을 뽐낼 줄 아는 채소다. 특히 건강 주스에서도 빠질 수 없는 채소다. 남편에게 항상 다양한 채소 주스를 만들어주는데, 남편의 반응이 제일 좋고 직접 냉장고에서 꺼내 마실 정도로 좋아하는 주스는 미나리 사과 주스다. 단순한 사과 주스가 아니라 미나리가 들어갔기 때문에 스스로 더 건강을 챙기는 기분이 들면서 맛까지 있으니 최고의 주스라고 생각하는 것 같다.

미나리가 왔다 갔나 할 정도의 살짝 스쳐 가는 향을 내면서 혀에 착 붙어 끝까지 단맛을 남기는 사과와 미나리의 비율은 일대일이다. 그 양은 무게가 아닌 부피로 체크하는데 미나리 한 단에 사과 3~4개 양이다. 미나리 한 단의 잔뿌리를 제거하고 혹시 모를 거머리가 있는지 확인하면서 한 줄기 한 줄기 깨끗하게 씻는 게 첫 번째 순서. 그다음 미나리와 사과를 적당한 크기로 썰고, 착즙을 하고, 병에 옮겨 담아 냉장고에 넣고, 착즙된 찌꺼기를 처리하고, 착즙 기계를 분리해서 구석구석 세척해서 말린다. 이 모든 과정에 보통 손이 가는 게 아니다.

블렌더에 물을 넣고 갈면 더 수월하고 빠를 수는 있어도 물 없이 오로지 미나리와 사과의 영양과 맛 그리고 진한 풍미를 담기 위해서는 착즙을 해야 한다. 이때의 주스 색은 말하지 않으면 사과가 들어간지 모를 정도로 초록빛이다.

이토록 수고로움이 들어가는 조화로운 맛의 초록색 주스를 남편은 너무나도 순식간에 마셔버린다. 이틀에 한 번 꼴로 보리차를 주전자에 끓여 물통에 담아내고 있는 일상에 미나리와 사과를 이틀에 한 번 착즙하는 일까지 추가되었다. 할 일이 늘어나기는 했지만 우리 가족 건강을 지키는 데 어쩌면 가장 간단한 일인지도 모르겠다. 오늘도 미나리 한 단을 옆구리에 끼고서 집으로 돌아가 부지런히 주스를 짜내야지. 이제는 몸이 아니라 온 집 안이 미나리 향으로 가득하다.

빨간 방울토마토의 유혹

마트에 가거나 시장을 지나칠 때
알알이 붉고 예쁜 방울토마토가 늘 나를 유혹한다.
그 유혹을 이기고 싶은 마음은 어디에도 없다.

● 　　　강렬한 붉은색의 방울토마토. 흔하디 흔한 방울 토마토는 여기저기 많이 보여서 방울토마토의 바쁜 인생이 느껴질 정도다. 방울토마토는 내가 도시락을 쌀 때 제일 만만하게 사는 일 순위 재료다. 모양 그대로 담을 수 있고 먹기 쉽고 썰지 않은 상태로 잘 무르지도 않는다. 도시락을 펼쳐 보았을 때 방울토마토가 있고 없고는 그 존재감이 확연히 차이가 난다.

특히 우리는 토핑의 모습으로 자주 방울토마토를 목격한다. 샐러드 위에는 기본이고 회나 초밥에도 포인트로 파슬리와 함께 놓아주기도 하고 뽀얀 색의 콩국수 위에 앙증맞게 올리기도 한다. 빨간 포인트가 있고 없고가 다름을 알기에 그 포인트를 놓치고 싶지 않은 곳이라면 어디에 올려도 어색하지 않은 방울토마토.

오랫동안 방울토마토를 평범한 방식으로 대우해 왔다. 평범한 방식이라면 깨끗하게 씻어 손으로 집어먹는 방식이다. 아니면 갈아서 주스로 마시는 데 그쳤다. 하지만 먹을 수 있는 장식용으로 없으면 아쉬운 존재이기에 방송이든 잡지 촬영이든 요리 수업을 할 때든 꼭 준비하는 채소였다. 방울토마토의 진짜 맛을 알기 전까지는 말이다.

일본 유학 시절에 술집에서 처음 접한 꼬치구이가 있다. 이름 그대로 방울토마토 꼬치구이. 방울토마토에 베이컨을 말아 긴 막대기에 몇 개씩 꽂은 후 화로에 굽고 데리야끼 소스를 발라낸 꼬치다. 이 꼬치를 먹을 때는 조심해야 한다. 겉만 봐서 식은 줄 알고 먹은 방울토마토에서 나온 즙이 용암처럼 뜨겁게 입안에서 흐를 수 있기 때문이다.

호호 불어 잘 식은 방울토마토 꼬치를 앙 하고 물었을 때 꿀떡 속의 설탕물이 톡 터져 나오는 것처럼 달콤함과 새콤함이 입속에 미지근하게 밀려들어 온다. 곧이어 훈제 향이 나는 베이컨이 쫀득함으로 감싸준다. 방울토마토를 익혀서 먹

는 방식은 그 전에도 알고 있었지만 그 맛의 진가를 알지 못
했다. 그날의 방울토마토를 겪고 나서야 뜨끈한 방울토마토
의 참맛을 알게 되었다. 방울토마토의 겉 맛만 대충 아는 게
아니라 속 맛을 진하게 알았기 때문에 이제는 익혀 먹는 방
울토마토의 맛을 더 좋아한다.

　　토마토 자체는 가열을 해서 먹을 경우 라이코펜 영양 흡
수율을 높일 수 있다. 그래서 아무 죄책감 없이 토마토를 기
쁘게 가열할 수 있다. 익혔을 때 단단한 껍질 부분이 조금은
흐물거리면서 속의 알과 함께 뭉클해지는 그 식감도 좋고 단
맛이 더 느껴지는 것도 좋다. 오일과 함께 볶아도 잘 어울리
며 발사믹 식초와 설탕을 함께 넣고 볶아내도 맛의 조화는
물론이고 고급스러운 느낌으로 변신한다.

　　방울토마토를 끓는 물에 살짝 데쳐 껍질을 하나하나 벗
겨내고 피클 양념 베이스나 설탕물 베이스에 담가놓고 입가
심용으로 먹어도 좋다. 요즘에는 컬러 방울토마토도 나와 초
록색, 보라색, 주황색, 노랑색, 검붉은색까지 다양한 색깔로
데코레이션할 수 있어 활용 범위가 더 넓어졌다. 특히 술집

의 안주 접시에서 빠질 수 없는 채소가 방울토마토다. 아마 밤에 더 바쁘게 움직이는 채소 중 하나가 아닐까 싶다.

여기서 잠깐, 방울토마토는 채소일까 과일일까. 이 논쟁은 예전부터 유명하다. 채소와 과일을 구분하기 위해 나무에서 자라는 건 과일, 밭에서 자라는 건 채소라고 생각하면 쉽다. 그렇다면 방울토마토는? 정답은 과채류다. 과일이자 채소라는 말이다. 수박과 참외도 마찬가지로 과채류에 속한다. 하지만 과일이건 채소이건, 그것이 먹는 우리 입장에서 뭐 그렇게 중요할까. 무엇보다 이들을 잘 섭취하는 게 더 중요하다.

나는 방울토마토로 해독 주스를 만들어 먹는 것도 즐긴다. 방울토마토의 해독 능력 역시 몸소 경험해 보았기에 인정할 수 있다. 방울토마토의 진가가 나타나는 방법이기도 하다. 일반적으로 한 팩에 750그램 하는 방울토마토를 두 팩을 사서 꼭지를 다 떼어내고 깨끗하게 세척해 준다. 그다음 넉넉한 사이즈의 냄비에 우르르 넣고 센 불로 안의 온기만 생기도록 가열해 준 다음 바로 제일 약불로 바꾸고 뚜껑을 덮어준다. 중간중간 주걱으로 뒤적뒤적하며 껍질이 어느 정도 쭈글쭈글 물러지면 으깨기 도구로 가볍게 눌러 토독토독 과즙을 터트려 준다. 그러면 순식간에 새빨간 방울토마토 스프 같은 형태로 걸쭉하게 끓는다. 이제 불을 끄고 핸드 블렌더로 갈거나 식힌 다음 블렌더에 넣고 갈아주면 끝!

이게 방법은 쉬운데 불 조절이 중요하다. 조금만 불이 세도 타버리거나 수분이 날아가 버리기 때문에 약불로 여유를 두고 수분이 생기면서 서로 어우러질 수 있도록 하면 실패가 없다. 그렇게 만들어서 하루에 한두 잔 마시면 나트륨 배출, 노폐물 배출과 함께 부기 제거, 피부 톤 밝아짐, 쾌변의 효과를 누릴 수 있다. 브이라인 주스라고 이름을 붙여도 될 만큼 효과는 좋다.

마트에서 방울토마토 두 팩, 세 팩을 묶어 할인할 때 '아, 이때다!' 하고 한번쯤 도전해 보자. 방울토마토 껍질의 거슬림이 싫다면 끓인 다음 껍질을 모두 제거하고 갈면 되지만 한 땀, 한 땀 장인 정신이 필요할 것이다. 그리고 껍질까지 먹어야 제대로이기 때문에 곱게 갈아서 마시는 게 좋다.

진정한 고수는 갈지 않고 터트려 끓인 자체 그대로 숟가락으로 퍼서 먹는다. 갈아 마시는 것보다는 조금은 덩어리진 걸쭉한 느낌이지만 이것대로 매력이 있다. 붉은 방울토마토 주스가 몸속으로 들어가면서 빨간 피를 맑게 정화하는 기분. 이 좋은 기분이 방울토마토만 보면 그냥 지나치지 못하게 만든다. 마트에 가거나 시장을 지나칠 때 알알이 붉고 예쁜 방울토마토가 늘 나를 유혹한다. 그 유혹을 이기고 싶은 마음은 어디에도 없다. 무엇보다 내 몸을 위해서.

시도 때도 없이 배고픈 당신을 달래기 위해

시도 때도 없이 배고픈 사람을 달래기 위해,
달래는 오늘도 존재감을 뿜어대고 있다.

● 　　　남편이 변할 줄은 몰랐다. 전혀 예상하지 못했다. 결혼 초반에는 국도 필요 없고 반찬 한두 가지만 있어도 밥을 잘 먹는다고 한 사람이었다. 깻잎에 고추장만 있어도 밥 두 공기는 뚝딱할 거라고 식사 준비하는 데 부담 갖지 말라며 당당하게 말했다. 그러나 지금 이 시점, 내 옆에 있는 남편이 하는 말. "먹을 거 뭐 있어?" 이제 남편은 "배고파, 배고파", "뭐 먹지?"라는 말을 입에 달고 산다. 먹고 싶은 요리도 많고 그 종류도 가지각색이다.

　　나와 반대로 배고픔도 눈 뜨자마자 느낀다. 나는 아침에 배고픔을 느끼지 않는다. 정신이 좀 깨어나고 몸이 풀리고 나서야 배고픔을 느끼는데, 남편은 일어나자마자 배고픔을 느낀다. 이때의 행동은 마치 좀비로 변하느라 잠시 기절했다가 깨어나자마자 인간에게 달려드는 것처럼 보인다. 그리고 밤에 자려고 눈 감기 전까지 출출해한다. 이러니 남편이 어쩌다 집에 하루 종일 있을 때는 아침-간식-점심-간식-저녁-간식-야식-안주를 릴레이로 요구하는 대환장 파티가 열린다.

이런 남편의 배고픔을 달랠 수 있는 특별 처방이 있는데 바로 달래다. 달래를 쫑쫑 썰어 넣은 달래 간장을 남편은 정말 좋아한다. 밥에 달걀 프라이 하나 올리고 달래 간장 쭉 두른 다음 쓱싹 비벼 구운 김에 싸 먹으면 밥 두 공기는 뚝딱이다.

달래 간장은 남편이 좋아하는 시어머니표 달래 간장 레시피를 응용해서 만든다. 송송 썬 달래와 고춧가루, 설탕, 참기름, 깨가 들어가는데 달래가 자작하게 잠길 정도로 많이 들어가는 게 핵심이다. 향신 채소인 달래 향을 제대로 느끼기 위해서는 다른 향신 채소인 마늘이나 파를 넣지 않아야 한다. 달래 범벅처럼 가득 넣은 달래가 숨이 죽고 수분이 생기면서 진한 달래 향의 간장이 완성된다. 이때 팁이라면 달래를 썰 때 달래 알뿌리 부분을 칼등으로 두드려주는 것이다. 그러면 그 향이 훨씬 진해져 풍미로운 입맛 도둑, 밥도둑이 된다.

달래와 고춧가루로 걸쭉함이 느껴지는 달래 간장은 만능으로 활용할 수 있어 한번 만들어두면 든든하다.

∘ 소면을 쫄깃하게 삶아 찬물에 헹군 다음 달래 간장에 비벼 주기.
∘ 촉촉하게 반숙으로 삶은 달걀을 반으로 갈라 노른자 위에 달래 간장 얹어주기.
∘ 구운 두부 또는 연두부 위에 달래 간장 끼얹어 주기.
∘ 찐만두에 달래 간장 곁들이기.
∘ 삼겹살 굽다가 달래 간장 넣고 볶기.
∘ 달래 간장에 비빈 밥을 김에 얹어 돌돌 말고 썰어주기.
∘ 잘 구운 관자에 달래 간장 얹어주기.
∘ 하얗게 끓인 순두부찌개에 달래 간장 곁들이기.
∘ 찐 양배추로 쌈을 싸서 달래 간장 찍어 먹기.
∘ 낙지를 달래 간장과 볶아주기.
∘ 쫄깃하게 삶은 꼬막 위에 달래 간장 뿌려주기.

달래 간장 하나로 여러 가지 메뉴를 동시에 만들어낼 수도 있다. 항상 달래 간장을 통에 가득 만들어서 냉장고에 비치해 두고 있는 이유다. 집을 오랜 기간 비울 때는 곰국을 잔뜩 만들어놓기보다 달래 간장을 잔뜩 만들어두기도 한다.

달래 간장 다음으로 내가 달래를 활용해 많이 만드는 요리는 달래 나물이다. 먼저 팔팔 끓는 물에 달래를 넣자마자 바로 빼는 정도로 순식간에 데친다. 그리고 찬물에 헹군 후 물기를 짜주고 국간장 약간에 참기름과 들기름을 함께 섞어서 무쳐준다. 참기름과 들기름이 같이 들어가야 더 맛있게 어우러진다. 달래 나물은 달래를 많이 먹기에도 좋고, 특히 반숙 달걀 프라이 올린 밥에 달래 나물 듬뿍 올리고 달래 간장을 넣고 비벼 먹는 달래 비빔밥은 환상적인 맛이다.

예전에는 달래를 어쩌다 먹거나 제철에만 먹었다면 지금은 달래를 좋아하는 남편 덕에 데쳐서나 송송 썰어서 냉동 보관을 해두고 파, 마늘, 양파처럼 흔하게 활용한다. 다른 집에서는 봄 식탁에서만 볼 수 있는 달래가 우리 집 식탁에는 사시사철 올라온다. 집집마다 요리하는 사람의 만능 간장이

있는데, 우리 집의 만능 간장은 달래 간장인 것이다. 시도 때
도 없이 배고픈 사람을 달래기 위해, 달래는 오늘도 존재감
을 뿜어대고 있다.

채소 안주가 만들어내는 나만의 힐링 시간

혼자만의 자유 시간은 금이기 때문에
간단해야 하고 무겁지 않은 음식이어야 한다.
이 음식에는 꼭 채소가 포함된다.

●　　　아이를 낳아보니 일명 육퇴라 불리는, 아이가 자
는 저녁 시간을 기다리게 되었다. 아이가 깨어 있을 때는 나
의 일상이 아이를 중심으로 움직이기 때문이다. 먹고, 자고,
싸는 기본적인 의식주 패턴부터다. 육아를 하면 입맛도 없
고, 약간의 시간의 틈이 날 때 먹을 수 있고, 아이가 낮잠 잘
때 같이 자야만 에너지를 충전할 수 있으며 화장실조차도 마
음 편하게 가지 못한다.

　　나를 위한 시간은 육퇴 후에야 가능하다. 물론 육퇴를 한
들 아이가 언제 깰지 몰라 조마조마하는 일은 여전히 진행
중이고, 또 다음 날 아침이 되면 다시 육아가 시작되기 때문
에 적당한 수면 시간을 계산해 두고 이 시간을 누려야 한다.

신생아 시절에는 깊은 잠을 길게 자지도 않을 때라 무슨 소리를 내기가 무서워 남편과 함께하는 야식은 거의 배달 음식이었다. 하루 이틀 계속되는 배달 음식에 더구나 잠도 충분히 못 자면서 살도 찌고 건강도 나빠지는 것 같았다. 야식에는 술이 늘 따라다녔기에 당연한 결과인지도 모르겠다.

하지만 아기를 재우고 나와서 김치냉장고에 넣어둔 차가운 캔 맥주를 벌컥벌컥 마시면 하루의 피로와 스트레스가 탄산과 함께 사라짐을 느낀다. 음식은 포기해도 술은 포기할 수 없는 이유다. 그렇게 맛있는 음식과 속 시원한 맥주 그리고 재미있는 드라마나 예능 프로그램을 즐기는 두세 시간은 내가 육아를 계속할 수 있는 원동력이다.

가끔은 남편과 한집에 있어도 이 시간을 따로 보내기도 하고, 남편이 없을 때면 내가 먹고 싶은 메뉴를 잔뜩 시켜 안주로 삼는다. 남편과 나는 안주 취향이 달라서 가끔 준비를 하는 데 애를 먹는데, 남편은 배가 든든하게 충족되는 안주를 원한다면 나는 가벼운 것을 선호하는 편이다. 그래서 혼술을 즐길 수 있는 날에는 어떤 안주를 만들어서 시원한 맥주와

초
록
식
탁

함께 드라마를 볼까 하는 기대감에 마음이 들뜬다.

물론 혼자만의 자유 시간은 금이기 때문에 간단해야 하고 무겁지 않은 음식이어야 한다. 이 음식에는 꼭 채소가 포함된다. 아이와 보내는 시간에는 일부러 채소를 챙겨 먹기도 힘들고, 술안주로 채소를 곁들이면 해독에 도움이 될 거라는 위안을 얻을 수도 있기 때문이다.

감자가 있으면 주사위 크기로 깍둑썰기 해서 끓는 물에 2분간 삶아내고 다진 양파와 마요네즈, 소금, 후추, 바질 가루, 치즈 가루를 뿌려내면 담백하게 맛있는 안주가 완성된다. 양배추가 있으면 한 입 크기로 네모지게 썰어 물에 가볍게 헹궈내고 간장, 굴 소스, 올리고당, 맛술, 참기름, 후추를 섞어서 뿌리면, 조금은 비슷하게 일본 술집에서 처음 먹고 빠져버린 생양배추 샐러드 완성.

쪽파가 있으면 달걀말이 팬에 기름 둘러 굽다가 달걀 물을 부어서 사각 팬 모양 그대로 부쳐내면 쪽파 달걀 부침 안주 완성. 단호박이 있으면 슬라이스해 버터 두른 팬에 굽다가 모짜렐라 치즈를 뿌려 뚜껑을 덮어주고 치즈가 익으면 꺼내서 메이플 시럽과 곁들이기. 살짝 식혀서 치즈가 오히려 조금 굳어야 더 맛있다. 냉장고에 있는 채소에다가 허브 솔트를 가볍게 뿌려 구워만 내도 좋은데, 특히 구운 마는 상당히 매력적이다. 아삭함 속에 부드러움과 미끄러움 그리고 찰진 맛까지, 감자 같으면서 감자가 아닌 맛이 나는 마구이다.

이 외에도 브로콜리를 데쳐서 마요네즈와 깨 가루를 섞은 소스에 콕 찍어 먹어도 좋고, 방울토마토를 슬라이스 마늘과 함께 올리브오일에 볶다가 바질 잎을 곁들여도 좋다. 아스파라거스를 구워서 땅콩버터에 찍어 먹는 것도 별미인데 의외로 진짜 맛있는 조합이다.

이렇게 냉장고에 있는 채소를 활용해 혼술 안주로 해결하면 내 입도 즐기고 냉장고 정리도 되어 여러모로 스트레스가 해소되는 만족스러운 시간이 된다. 나에게 나만의 방식으로 만들어내는 재충전의 시간이 있어서 참 다행이다. 그것도 내가 잘하는 요리로 할 수 있다니 얼마나 다행인지. 오늘도 육퇴 후 어떤 방법으로 빠르게 채소 안주를 만들어 먹을까 하고 재미있는 궁리를 한다.

지극히 평범하고 수수한 옥수수

나눌수록 그 마음은 풍선 부풀 듯이 부풀어
나와 상대방 사이에 둥실하게 떠다니므로
이번 여름에도 지극히 평범하고 수수한 옥수수를 찾아 헤맨다.

옥수수 하면 떠오르는 초등학교 친구가 있다. 그 친구 이름은 임수옥(수옥아 잘 지내지?). 그 친구 별명이 옥수수였다. 내 별명은 홍길동, 성난 계란, 홍당무 등등. 이렇듯 내게 옥수수는 어린 시절을 생각나게 하는 신기한 작물이다. 옥수수에 대한 첫 기억은 어릴 적 할머니 집에서 먹은 옥수수다. 나는 아빠를 따라 시골 할머니 집에 가는 것을 무척 좋아했다. 언니 둘과 달리 나만 유난히 잘 따라다녔다. 원래도 시골을 좋아해서 지금도 홍성군에 잘 적응해서 살고 있는지도 모르겠다. 본 성향대로 돌아 돌아 찾아온 걸지도.

어린 시절의 옥수수는 노란색의 옥수수가 아니라 갈색, 검정색, 보라색, 누런색이 섞여 있는 옥수수였다. 몇 알만 노란색을 띠다 보니 꼭 이빨 빠진 것처럼 보였던 옥수수가 어린 나는 정말 싫었다. 유독 시골에서만 발견되는 이런 옥수수는 시골 옥수수, 할머니 옥수수라는 이미지가 있었다. 그 시절 할머니 할아버지의 이빨과도 같았던 옥수수.

지금은 알고 있다. 그 옥수수는 엄청나게 맛있고 찰지다는 사실을. 그 옥수수가 너무나도 그립다. 김 펄펄 나는 솥에 쪄낸 다음 한 김 식히기 위해 가지런히 담아낸 옥수수 바구니의 모습. 그리고 손녀를 위해 매번 이 옥수수 바구니를 준비해 둔 할머니가 사무치게 그립다.

요새는 어떤 과일이든 채소든 단맛이 강한 것만을 찾는 추세다. 그래서 옥수수도 당 함량이 아주 높기로 유명한 초당 옥수수를 많이 찾고 있다. 많은 사람이 초당 옥수수에 관해 착각하는 게 있는데, 바로 초당 옥수수에서 '초당'의 의미다. 이 '초당'은 초초초초 당이 높다는 의미이지, 초당이라는 지역을 뜻하는 게 아니다. 그 의미는 잘 몰라도 여름 초입만 되면 초당 옥수수를 주문하려는 사람들이 온·오프라인 상관없이 넘쳐난다. 생으로 먹어도 좋을 만큼 한 입 베어 물면 달콤함이 초과한다.

초당옥수수 열풍 속에서 나는 왜 꼭 옥수수가 달아야 하는지 의문이 든다. 입맛의 차이겠지만, 달지 않고 찰지고 고소하고 담백한 옥수수가 더 좋다. 진짜 옥수수 같은 느낌이 든달까. 옥수수를 달게 만들기 위해 찔 때 뉴슈가나 설탕을 넣기도 하는데, 옥수수의 참맛을 해치면 해쳤지 더한다고 생각하지 않는다. 무엇보다 옥수수의 매력은 수수함이다. 그 수수함이 옥수수다운 것이다. 그래서 옥수수가 자꾸 다른 옥수수가 되려고 할 때면 나는 고개를 절레절레한다.

옥수수의 수수함 자체를 즐기는 게 옥수수를 제대로 먹는 방식이다. 튀지 않는 맛의 옥수수가 이런저런 요리에 활용하기에도 좋다. 한번은 블랙베리 옥수수로도 불리는 자색 옥수수를 강원도에 계시는 아빠가 보내주신 적이 있다. 말 그대로 온통 진한 보라색의 옥수수는 그림처럼 예뻐서 신기할 정도였다. 색다른 맛을 기대하고 쪘으나 남은 것은 번거로움이었다. 손에 손톱에 입에 온통 보라색 물이 들어서 먹기도 불편하고 옷에도 묻어 감당하기 힘들었다. 이 옥수수는 차라리 푹 끓여서 물로 먹는 게 더 좋은 방법이다.

나에게 제일 잘 맞는 옥수수는 평범하고 수수한 옥수수. 나는 옥수수 철에 이런 옥수수를 찾아 헤맨다. 요즘에는 은근히 보기가 어렵기 때문이다. 이들 옥수수를 발견하면 한번에 많이 구입해서 찐 다음 금방 먹을 몇 개는 그대로 두고, 나머지는 옥수수알을 모두 파서 소분해 냉동 보관한다.

옥수수를 찔 때는 먼저 옥수수수염을 어느 정도 정리한 다음 옥수수 껍질이 한두 겹 덮여 있는 채로 찜통 바닥에 잘 쌓아 김이 오른 상태로 40~50분 쪄준다. 껍질을 다 벗기지 않고 쪄야 옥수수가 가진 수분과 맛을 보존하는 데 도움이 되고 옥수수수염으로 고소함도 더 살릴 수 있다. 잘라낸 옥수수수염은 깨끗하게 세척해서 물로 끓여 먹으면 좋다. 이뇨 작용을 해서 특히 밤에 옥수수수염 차를 마시고 자면 다음 날 부기가 덜하다.

옥수수알 파기는 엄마가 해오던 방식을 어깨너머 보고 배운 것이다. 이렇게 까둔 옥수수알은 쓰임새가 많다. 옥수수알을 파는 데도 요령이 있는데, 갓 쪄낸 옥수수는 알이 부드러워 잘 뭉개지기 때문에 옥수수가 어느 정도 식은 다음에

파주는 게 쉽다. 인터넷에는 옥수수알을 파는 다양한 아이디어 상품이 판매되고 있는데, 나는 포크를 활용한다. 내가 조금 고전적인 사람이라 포크를 이용하는지도 모르겠다. 요즘에는 흔히 있는 빨래 건조기도 나는 사용하지 않고 여전히 빨래를 탁탁 턴 다음 빨래 줄에 널고 걷고 한다.

옥수수알 파기도 늘 하던 대로 포크가 편하다. 포크를 위에서 아래로 눌러 떼어내는 방식이다. 옥수수 양이 많으면 시간이 제법 걸리는 작업인데, 단순 노동이라 멍 때리며 하면 은근히 힐링되는 시간이다. 특히 밤에 아이를 재우고 옥수수알을 파내는 게 스트레스 해소에 도움이 된다. 그렇게 파낸 옥수수알은 나눠주기에도 좋다. 시중에서는 통조림 옥수수가 아닌 진짜 옥수수알만 모아진 걸 구하기가 쉽지 않기 때문에 받는 사람도 좋아한다.

파낸 옥수수알로 제일 많이 해 먹는 요리는 단연 옥수수밥이다. 쌀과 함께 한 번 더 쪄진 옥수수알은 더욱 쫀득하다. 밥맛은 이보다 더 고소할 수가 없다. 자주 볼 수 있는 옥수수알 요리는 횟집 반찬이나 맥주 안주로 볼 수 있는 콘버터다.

보통은 이런 콘버터를 위해 통조림 옥수수를 쓴다. 진짜 옥수수알로 만든 콘버터는 차원이 다른 맛을 낸다. 버터 두른 팬에 옥수수알을 뿌려주고 설탕과 함께 볶아 펼친 다음 위에 치즈를 뿌려 녹여주면 끝.

간단한 조리 과정을 똑같이 거치지만 그 재료의 시작이 다르니 다른 맛이 날 수밖에. 통조림 옥수수의 식감은 약간 뽀드득한 식감이고 진짜 옥수수알은 쫀득 미끈 찰진 느낌이 훨씬 강하다. 씹는 식감도 더 있으며 아무래도 가공을 덜한 것이기에 영양도 더 챙길 수 있다. 이 외에도 볶음밥, 샐러드, 계란찜, 계란 스크램블 또는 함박 스테이크의 고기 패티 안에 옥수수알을 넣어도 씹는 식감이 매력적이다. 체중을 감량하고 싶다면 밥 대신 옥수수알을 먹는 식단으로 바꿔도 좋다.

그저 옥수수일 뿐인데 옥수수알을 미리 파서 모아두는 것만으로도, 마치 돼지저금통에 동전을 가득 모아둔 느낌처럼 마음이 풍족해진다. 조금은 수고스럽더라도 이 풍족한 마음을 사람들과 나눌 수 있어서, 그리고 나눌수록 그 마음은 풍선 부풀 듯이 부풀어 나와 상대방 사이에 둥실하게 떠다니

초록
식
탁

므로 이번 여름에도 지극히 평범하고 수수한 옥수수를 찾아 헤맨다.

허투루는 사양합니다, 대파와 양파

늘 가까이 두는 채소인 만큼
더욱더 허투루 대하고 싶지 않다.

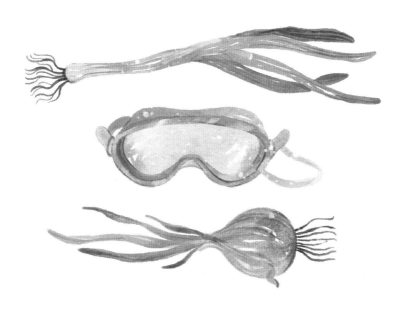

● 　　　대파, 양파, 파파파 뭔가 이름만 들어도 냄새가 올라오는 이 향신 채소들은 내가 무척이나 사랑하는 기본 채소다. 대파랑 양파만 있어도 다른 주재료만 가미하면 부족하지 않은 요리가 완성된다. 단점이라면 재료 손질할 때 눈이 참 맵다는 것이다. 유독 매운 대파나 양파에 걸리면 눈물을 흘리며 썰 때도 있다. 요리학원을 다니면서 실기 연습을 할 때는 지금보다 더 눈 매움을 못 참아서 집에서 실습할 때는 물안경이나 선글라스를 쓰거나 눈에 랩을 감고 썰기도 했다. 그 모습이 얼마나 웃긴지 지금도 상상하면 웃음을 자아낸다.

　　대파와 양파는 한국인의 음식에 빠질 수 없는 채소다. 나는 기본적인 채소를 항상 하던 방식으로만 사용하지 않고 이렇게 저렇게 활용 범위를 넓혀서 다양하게 먹을 수 있는 방법을 연구하고, 좋은 레시피를 발견하면 항상 사람들에게 권하고 있다. 그게 채소를 다루는 예의이고 채소를 찾아 먹는 방법이라고 생각해서다. 늘 가까이 두는 채소인 만큼 더욱더 허투루 대하고 싶지 않다.

보통 수육을 할 때 잡내를 제거하기 위해 대파와 양파를 사용한다. 이때 흔하게 사용하는 방식은 물에 대파와 양파를 몇 개 넣는 것이다. 나는 보통의 방식 말고 조금은 다른 방식으로 대파와 양파의 맛을 끝까지 끌어내어 또 다른 맛의 수육을 경험한다. 대파와 양파 자체의 수분을 활용한 저수분 요리다.

대파 잎과 채 썬 양파를 냄비에 한가득 깔고 그 위에 된장으로 밑간한 수육용 돼지고기를 얹어 뚜껑을 덮고 약불로 둔다. 예열이 시작되면서 대파와 양파에서 수분이 나오기 시작한다. 물은 없고 오로지 채소에서 나오는 수분으로 고기가 익는다. 진한 대파와 양파의 수분이 돼지고기를 훨씬 풍미롭게 익히는 것이다. 약불로 오래 찌기 때문에 고기의 육질도 더 부드럽고 속에 육즙도 더 촉촉하다.

한 근 분량의 고기 덩어리를 한 시간에서 한 시간 반 되는 시간을 들여 익힌 후 꺼내면 밑에 자작하게 고기의 기름이 섞인 채소 물이 촉촉하게 남아 있고 그 속에 대파와 양파가 숨이 죽어 축 처져 있다. 고깃결 사이사이로 배어든 대파 향과 양파 향으로 그들의 소명은 충분히 다했다. 그러나 이 숨 죽은 대파와 양파를 건져서 고기에 싸서 먹어도 좋다. 그러면 제 소임을 끝까지 다하는 것이다.

대파와 양파는 버릴 게 없는 채소다. 보통 대파와 양파의 뿌리는 육수용으로 사용하는데, 그 자체로 튀겨서 먹을 수도 있다. 충분히 고소한 영양 튀김이다. 개수도 많이 나오지 않기 때문에 귀한 튀김이다. 깨끗하게 씻은 대파와 양파 뿌리를 튀김 가루만 묻히거나 튀김 가루 물 반죽에 묻혀 튀기면 된다. 뿌리가 가늘기 때문에 금세 타버릴 수 있어서 시간과 온도에만 주의하면 금방 쉽게 튀겨낼 수 있다.

매운 채소라서 튀김도 매울 거라고 생각할 수 있는데 이들 뿌리 튀김은 전혀 맵거나 쓰지 않다. 마치 민물새우 튀김처럼 새우깡의 맛을 떠올리게 할 정도로 감칠맛의 고소함이 뛰어나다. 해산물이라곤 전혀 안 들어갔는데 이런 맛이 날 수 있다니 신기할 정도다. 또 양파 껍질은 물로 끓여서 먹으면 콜레스테롤을 낮추는 데 도움이 된다. 양파 껍질을 모아 전기밥솥에 넣고 취사를 해주면 양파즙이 나오기도 한다.

양파로 술도 만들 수 있는데, 와인에 양파를 담근 양파 와인이 있다. 레드 와인 한 병에 주먹만 한 양파를 슬라이스해서 담가두고 하루 정도 숙성해서 음용한다. 건강주이기 때문에 하루 세 잔, 식후 소주잔 한 잔의 양을 마시면 좋다. 식후에 마셔야 속이 쓰리지 않고 부담되지 않으며 식사하면서 들어온 나트륨이나 지방이 몸속에 쌓이지 않게 도와준다. 또 혈액순환과 소화를 돕고 콜레스테롤을 낮추는 데 도움이 되어 면역력 향상과 노화 예방에 좋다. 항산화 작용으로 몸에 산화를 막아주고 신진대사율을 높여 다이어트에도 도움이 된다. 이렇게나 건강에 좋은 술이다 보니 직접 만들어 지인에게 선물할 때 반응이 좋다.

대파는 줄기만 사용하고 잎은 떼어내 버리는 일이 많다. 하지만 잎도 쉽게 활용할 수 있다. 대파 잎은 다른 채소나 고

초록식탁

259

기를 구울 때 또는 생선을 구울 때 함께 구우면 향도 좋아지고 같이 곁들여 먹기에도 좋다. 대파 잎으로 간단하게 만들 수 있는 특별한 요리도 있는데, 4~5센티미터로 썬 대파 잎 속 구멍에 팽이버섯을 끼워 넣고 버터나 오일에 두른 팬에서 구운 다음 소금 후추 솔솔 뿌리면 완성이다. 이 대파 팽이버섯 구이와 채 썬 양파를 발사믹 식초와 설탕에 조린 양파조림, 그리고 빵 몇 조각을 함께 내면 근사한 브런치 식탁이 완성된다.

대파와 양파를 활용해 라면을 조금 더 기똥차게 끓여내는 방법이 있다. 냄비에 오일을 두 큰술 두르고 채 썬 대파와 양파 그리고 고춧가루 한 큰술과 라면 수프를 볶아준다. 이때 불이 세면 타기 쉬우니 불 조절에 주의하며 탈 거 같으면 물을 축여주면 된다. 그다음은 원래 라면 끓이는 방식대로 물을 부어 끓이고 면을 넣는다. 기호에 따라 달걀도 넣으면 되는데 풀지 않고 덩어리로 익히는 반숙을 추천한다. 훨씬 얼큰하고 요리다운 대파 양파 라면에 빠져들 것이다.

대파와 양파를 활용해 간단하게 덮밥을 차려낼 수도 있다. 채 썬 대파와 양파를 오일에 볶다가 간장과 굴 소스를 더

하고 연두부 또는 순두부를 넣어 으깨서 걸쭉하게 볶아낸다. 마무리로 참기름과 깨를 두른 다음 밥 위에 얹어 먹으면 맛있는 채식 덮밥 요리가 완성된다. 기존의 양파 수프에는 대파를 더해 대파 양파 수프로 만들면 맛과 영양이 업그레이드된다.

기본 채소는 그만큼 중요하기 때문에 기본이겠지만 이들을 기본적인 시선으로만 바라보고 늘 사용하는 방식으로만 소비하고 있는 건 아닌지 되돌아보자. 우리들의 초록 식탁에서만큼은 때때로 이들을 특별하게 차려낼 수 있으면 좋겠다.

발음도 귀여운 샤부샤부는 최고의 요리

채소의 힘을 느껴보고 싶다면
그 발음도 귀여운 샤부샤부를.
자투리 채소를 어찌할지 모르겠다면
더 이상 고민하지 말고 샤부샤부를.

● 　　채소를 많이 먹기 좋은, 냉장고에 남은 채소를 해치우기 좋은 메뉴로 최고는 샤부샤부다. 샤부샤부는 종종 외식으로 먹기도 하지만 나는 집에서 먹는 샤부샤부를 더 좋아한다. 내 입맛에 맞게, 우리 가족 기호에 맞게 즐길 수 있어서다. 무엇보다 어느 채소든 함께해도 잘 어울리고 슬로우 푸드처럼 가스버너에서 느긋하게 끓여가며 식사 시간을 알차게 보낼 수 있다.

　　냉장고에 배춧잎, 청경채, 미나리, 냉이, 양파, 양배추, 버섯, 쑥갓 등 샤부샤부에 알맞은 채소 몇 개만 넉넉하게 남아 있으면 샤부샤부용 소고기나 낙지, 주꾸미, 전복 등 싱싱한 해산물만 추가로 준비하면 된다. 샤부샤부의 매력 중 하나는 재료들을 넣어가며 끓일수록 많은 풍미가 합쳐져 점점 더 진해지는 국물 맛을 느낄 수 있는 것이다.

국물을 떠먹을 때마다 채수가 가득한 저칼로리 보양 국물이 몸속으로 촉촉하게 스며든다. 먹다 보면 이 채소를 다 먹어버리겠다는 각오와 오기도 생긴다. 사실 각오까지는 필요 없다. 하나하나 집어먹다 보면 어느새 채소는 바닥나 있고, 자작한 국물에 칼국수나 죽으로 마무리하면 아주 잘 챙겨 먹은 한 끼가 된다. 채소를 넣고 푹 끓이는 게 아니라 살짝 데치듯 바로바로 건져 먹기 때문에 각 채소가 가진 최상의 식감과 향을 느끼기에도 참 좋다.

하루 채소 권장량은 400그램 정도로, 대략 일곱 접시의 분량이다. 생채소를 샐러드로 먹어도 한두 접시가 최대치다. 하지만 한두 접시 이상의 양이라도 샤부샤부 냄비에 넣으면 부대끼지 않게 먹을 수 있다. 남은 채소를 처리하기에도 좋고 영양가 있는 채소를 많이 먹기에도 좋아서 먹고 나면 뿌듯함을 느낀다.

오랫동안 한국식 샤부샤부나 일본식 샤부샤부에 익숙해

있는 우리에게 비교적 최근에 중국식 샤부샤부인 훠궈가 알려지기 시작했다. 나는 방송에도 소개된 적이 있는 유명 가게에서 훠궈를 처음 접했다. 반으로 나뉜 큰 스테인리스 냄비에 마라탕과 같은 빨간 국물인 홍탕과 하얗고 뽀얀 국물인 백탕이 담겨 있었다. 이 국물에 기호에 맞게 여러 재료를 넣어가며 먹는데, 훠궈는 보통 샤부샤부에서는 잘 사용하지 않는 양고기도 선택할 수 있다.

나는 오리지널 음식을 먹는 기분을 느끼고 싶어서 양고기 훠궈에 도전했다. 홍탕보다는 하얀 백탕이 입맛에 더 맞았는데, 훠궈 자체로는 별맛을 느끼지 못했다. 그저 다른 나라의 음식을 맛보는 기분이었고, 특이하고 강한 향신료 향으로 입안이 얼얼해진 것만 기억에 남았을 뿐 또 생각나지는 않았다.

이후 원치 않게 훠궈를 먹을 일이 몇 번 있었다. 그런데 신기하게도 세 차례 먹고 나자 훠궈가 계속 생각나는 것이었다. 뭐든 세 번은 먹어봐야 그 맛의 진가를 알게 되는 듯하다. 지금은 주변에 훠궈를 좋아하지 않는 사람이 있으면 꼭 세 번은 먹어보라고 권하고 있다.

훠궈에도 다양한 채소를 넣어 먹을 수 있는데, 나는 연근, 숙주, 청경채, 목이버섯, 하얀 꽃송이버섯을 즐겨 먹는다. 거기에 육류보다 포두부, 푸주, 넓적 당면 같은 사리 종류를 넣어 포만감을 늘린다. 요새는 배달 어플로 기호에 맞게 야채와 사리를 주문할 수 있는 셀프 마라탕에 빠져 있다. 고기 대신 두부류의 단백질과 여러 식감의 채소가 그득하게 들어 있는 묵직한 통을 받아 들면 먹기 전부터 푸짐한 기분이다. 빨간 국물 아래에 무엇이 숨어 있을지 휘휘 저으며 골라 먹는 재미는 덤이다.

샤부샤부를 조금 더 색다르게 즐기고 싶은 날에는 스키야키로 만들어 먹는다. 좋아하는 걸 굽는다는 뜻의 스키야키는 일본식 요리인데 재료들을 먼저 구운 다음 육수와 간장 양념을 더해 자작하게 끓이는 방식의 샤부샤부다. 마무리로 우동 면을 국물에 비벼 먹으면 최상이다. 구워서 끓여 먹기 때문에 확실히 재료의 풍미가 더욱 진하게 느껴진다.

또 다른 방식의 샤부샤부를 먹고 싶은 날에는 밀푀유를 만든다. 겹겹이 쌓는다는 뜻의 밀푀유는 재료들을 겹쳐 냄비에 둘러 담고 육수를 자작하게 부어 끓인 다음 건더기를 소스에 찍어 먹는 요리다. 일반 샤부샤부보다 적은 종류의 채소를 이용해 만만하게 만들어도 모양이 예뻐 손님 초대용 요리로 좋다. 손재주가 없어도 충분히 그럴싸하게 만들 수 있고 웬만하면 맛이 잘 들어 실패 확률이 없는 음식이다.

채식 요리 가운데 최고를 꼽으라면 무조건 샤부샤부다. 다양한 채소를 양껏 먹을 수 있고, 이 채소들이 우러난 국물까지 무엇 하나 버릴 게 없다. 또 이들 샤부샤부에 육류나 해산물 같은 다양한 토핑까지 더할 수 있으니 채소를 좋아하지 않는 사람도 함께 둘러앉아 즐길 수 있기에 더욱 애정이 간다. 다른 사람과 함께 밥을 먹는 시간은 내가 제일 좋아하는 시간이자 중요하게 생각하는 시간이다. 이 시간에는 누구 하나 소외되지 않아야 한다.

그래서 샤부샤부는 최고의 요리다. 채소를 좋아하는 사람도 고기를 좋아하는 사람도 해산물을 좋아하는 사람도 모두가 한 냄비에서 젓가락 춤을 신나게 출 수 있다. 냄비가 자작한 국물로 바닥을 보일 때쯤이면 배가 두둑하게 느껴지지만 신기하게도 다음 날 부기 하나 없이 몸이 가볍다. 이게 바로 채소의 힘이다. 이와 같은 채소의 힘을 느껴보고 싶다면 그 발음도 귀여운 샤부샤부를. 자투리 채소를 어찌할지 모르 겠다면 더 이상 고민하지 말고 샤부샤부를. 마침 우리 집 냉 장고에도 자투리 채소가 많다. 오늘 저녁은 샤부샤부다!

식탁을 치우며。

나를 위해 간헐적 채식

언제부턴가 간헐적 단식 다이어트가 유행하기 시작했다. 간
헐적 단식이란 일정한 시간 동안 먹는 행위를 중지하면서 공
복을 유지하고 정해진 시간 안에만 밥을 먹는 식사법이다.
간헐적 단식을 통해 체중 조절에 성공한 후기들이 차고 넘친
다. 건강을 유지하기 위해 체중을 감량하려는 소망이 있는
나도 세상에 유행한다는 이 다이어트에 도전해 보았지만 맞
지 않았다. 살을 조금 빼더라도 금방 무용지물이 되는 요요
가 찾아오는 것이었다. 규칙적인 일상을 보내지 못하는 프리

랜서인지라 일정 시간 공복을 유지해야 하는 규칙을 지키지 못한 게 원인이었다.

　건강한 마음과 더불어 건강한 몸을 가지고 싶은 나는 일년 내내 다이어트를 하는 사람이다. 그렇다고 매일 혹독한 운동과 빈틈없는 식단을 꾸리지는 못하고, 어느 정도 체중을 유지하다가 조금 살이 쪘다 싶으면 관리하는 식이다. 관리를 벗어나 안일하게 나를 놓아버리는 일은 상당히 곤란하다. 나는 살이 잘 찌는 체질이기 때문이다. 30년 넘게 축적된 생체 데이터를 바탕으로 깨달은 사실은 나의 몸은 먹는 족족 그대로 살로 가는 체질인 데다 여기에 탄수화물이 큰 영향을 미친다는 것이다.

　이 사실을 몸으로 겪고 있는 나는 각종 다이어트를 해보았지만 규칙적으로 하는 방식에서는 모두 실패로 돌아갔다. 특히나 간헐적 단식은 시간 간격을 잘 계산해 두어야 하고 또 꾸준하게 지켜나가야 하는데, 역시나 나에게서는 그 규칙이 쉽게 무너져 내렸다. 이런저런 시행착오를 겪고 결국 내가 체중을 조절하기 위해 선택한 방법은 그냥 편안하게 그때그때 가능한 방법으로 당기는 식단과 몸이 원하는 운동을 하는 것이다.

마침 오늘 집에 있는 채소를 활용해 다이어트 식단을 만들어 먹거나, 두부가 보이면 활용해 보는 등 마주친 상황에서 마음이 내키는 대로 하는 것이다. 식단을 짜두면 얽매이는 기분이 들어 갑갑하고, 또 매번 식재료를 미리 정해놓는 일 역시 이상하게 마뜩잖다. 이렇게 내키는 대로 다이어트를 해서 살을 어떻게 뺀다는 말인가 하고 의문이 들 수도 있겠지만, 어쩌겠는가 나를 옭아매는 방식은 마음이 동하지 않으니 말이다.

이제 나는 간헐적 단식에서 '단식'이라는 말을 빼고 '채식'을 더해 '간헐적 채식'이라고 부르기로 했다. 그러면 훨씬 마음이 편해져 꽤나 실천이 잘되는 것만 같다. 말 그대로 간헐적으로 채식을 하는 것인데, 평소처럼 식사를 하되 그중한 끼는 채식 위주로 꾸린 식사를 규칙적으로 하는 것이다. 그러면 하루에 한 번은 채소의 영양을 섭취할 수 있고 하루 총 섭취 열량은 자연스럽게 낮아지며 채소의 효능으로 해독에도 도움이 된다.

편하게 하루 한 끼 정도만 채소 식사를 한다고 생각하면 마음도 가볍고 방법도 얼마나 쉬운가. 지켜야 하는 공복 시간이 있는 것도 아니다. 그저 한 끼를 가볍게 채우라는 것이다. 이 간헐적 채식은 바로 극적인 결과가 나타나는 건 아니지만 길게 바라보면 정말 건강한 방식의 식사법이다. 간헐적이라는 말이 어렵고 복잡하게 생각된다면 하루 한 끼 채식이라고 해도 좋다.

간헐적 채식에서는 하루에 한 번 나에게 선물해 줄 채소 음식이 필요하다. 매일 같은 음식을 먹으면 질릴 테니 무궁무진한 채식 레시피가 필요할지도 모르겠다. 이 레시피를 생각해 보는 일은 얼마나 재미있고 설레는 일인가. 먹고 싶은 채소나 냉장고에 유난히 많이 있는 채소, 또 도전해 보고 싶은 채소를 활용해서 나만의 채식 레시피를 만들어보는 일. 아주 간단하게 채소 샐러드나 채소 주스를 만들어도 되고, 채소를 볶거나 찌거나 해서 하나의 정식 요리로 만드는 것도 좋다.

애호박과 가지는 도톰하게 슬라이스해 구운 다음 한 귀

초록식탁

퉁이, 연근과 아스파라거스는 삶은 다음 한 귀퉁이, 콩은 볶은 다음 한 귀퉁이에 가지런히 담아내고, 한가운데에 잎채소를 생으로 올리고, 그 위에 튀긴 마늘 슬라이스를 뿌려주고, 마무리로 소금과 후추 그리고 허브 가루 솔솔. 여기에 레몬 한 조각까지 곁들이면 레스토랑급 요리로 표현된 채식 한 접시가 완성된다. 모양이 예쁜 건 당연하고 서로 다른 조리법에 따른 다양한 채소의 매력을 향과 맛으로 듬뿍 느낄 수 있는 초록 식탁이 차려지는 것이다.

내가 연구해서 내가 완성하면 바로 내가 채소 요리연구가다. 각 채소들의 조리법을 한 번은 굽고, 또 다른 때는 튀기고, 삶고, 데치고, 찌고, 졸이고, 볶고 등등 바꿔가면서 색다르고 질리지 않는 채식 요리를 접할 수 있다. 그러면서 채소와 더욱 친해진다. 그 과정과 결과에는 단언컨대 아름다움과 뿌듯함이 있다. 초록의 채소를 보고, 만지고, 느낄 때의 아름다움과 맛볼 때의 아름다움, 그리고 몸으로 받아들였을 때 나타나는 아름다움. 또 나를 위해 그리고 사랑하는 이들을 위해 초록 식탁을 차려낼 때의 뿌듯함.

이 초록 식탁에서 느낄 수 있는 오만 가지의 아름다움과 뿌듯함을 나만 느끼기에는 너무나 아쉽다. 그 아쉬움이 커서 나는 채소 소믈리에 홍성란일 것이다. 당신에게도 이 아름다움을 맛보이고 싶다. 오늘은 당신 자신을 위해 푸릇푸릇한 식탁을 근사하게 차려보자. 어쩌면 이 초록 식탁이 나 자신에게 아름다움을 선물해 주는, 스스로를 사랑하는 가장 쉬운 방법일지도.

나를 위해 푸릇하고 뿌듯한

초록 식탁

1판 1쇄 인쇄 2022년 8월 17일
1판 1쇄 발행 2022년 9월 1일

지은이 홍성란
펴낸이 김성구

책임편집 김초록
콘텐츠본부 고혁 조은아 이은주 김지용
디자인 이영민
마케팅부 송영우 어찬 김하은

펴낸곳 (주)샘터사
등록 2001년 10월 15일 제1-2923호
주소 서울시 종로구 창경궁로35길 26 2층 (03076)
전화 02-763-8965(콘텐츠본부) 02-763-8966(마케팅부)
팩스 02-3672-1873 | 이메일 book@isamtoh.com | 홈페이지 www.isamtoh.com

ISBN 978-89-464-2221-6 03810

• 값은 뒤표지에 있습니다.
• 잘못 만들어진 책은 구입처에서 교환해 드립니다.

샘터 1% 나눔실천

샘터는 모든 책 인세의 1%를 '샘물통장' 기금으로 조성하여 매년 소외된 이웃에게 기부하고 있습니다.
2021년까지 약 9,400만 원을 기부하였으며, 앞으로도 샘터는 책을 통해 1% 나눔실천을 계속할 것입니다.